万物花开

林白

中信出版集团 · 北京

图书在版编目（CIP）数据

万物花开 / 林白著 . -- 北京：中信出版社，2018.5

ISBN 978-7-5086-8674-5

I. ①万… II. ①林… III. ①长篇小说－中国－当代 IV. ① I247.5

中国版本图书馆 CIP 数据核字（2018）第 037848 号

万物花开

著　　者：林　白
策划推广：中信出版社 (China CITIC Press)
出版发行：中信出版集团股份有限公司
（北京市朝阳区惠新东街甲 4 号富盛大厦 2 座　邮编　100029）
（CITIC Publishing Group）
承 印 者：上海盛通时代印刷有限公司

开　　本：880mm × 1230mm　1/32　　插　　页：2
印　　张：7.5　　字　　数：143 千字
版　　次：2018 年 5 月第 1 版　　印　　次：2018 年 5 月第 1 次印刷
广告经营许可证：京朝工商广字第 8087 号
书　　号：ISBN 978-7-5086-8674-5
定　　价：48.00 元

目　录

无论如何，我就是大头。

第一部　墙壁

在看守所瘤子一直没发作，但我知道它们在我的脑袋里。从前我不太看得见它们，因为它们不飞出来，现在它们一飞就飞出来了。在稻草和尿臊混合的气味里，它们飞出我的脑袋，停留在灰暗的空气中，它们的形状跟医院里的片子相同，看起来，像一朵五瓣的灰色花朵。

就这样，我看见自己光屁股站着，面对墙壁。

我不知道他们要干什么。大概是要挨一顿暴打，这样的事情我听说过。但是他们没有打。

他们让我自己把裤子脱了，面对墙壁站着，双手扶墙。我感到屁股一片冰凉。已经熄了灯，墙头透进一点月光，号子里看上去灰蒙蒙的，灰中带黑。

我不知道他们要干什么。

好半天没有动静，于是我转过身来。他们看着我，不说话。黑暗中，这七八个人的眼睛像猫眼，闪着隐约的荧光。我觉得自己就是一只小耗子，被人扔进了野猫洞。有一个人戴眼镜，我看不清他的眼睛。第二天我才知道，他是这个号子里的老大。

老大晃了一下手，说，算了。

他斜靠着铺位，有气无力的样子。然后他软塌塌地抬起手，冲人堆里晃。众人一动不动，无人吭声。我听见大家的心都揪了起来，悬在黑暗的半空中。他的手指到谁，谁就慢慢地站起来，两边的人则慢慢出着气，气息软得像鼻涕。

人也像鼻涕。

他一共点了两个人，看上去，是除我之外最小的两个。后指的那个没有马上站起来，老大脱了一只鞋劈头就冲他扔去，在黑暗中鞋好像长着眼睛，不偏不斜，正好打中那人的眉心。那人“呀”了半声，老大的第二只鞋又扔到了他的嘴上。

两个人对着一面墙站着，低着头，一只手扶着墙，另一只手解裤子。裤子掉到他们的脚背，裤衩掉到脚腕子上，四瓣屁股在黑暗中是灰色的。大小的猫眼靠墙根坐着，看着四瓣灰色的屁股，一动也不动。

老大悠闲地站起来，他微微歪着头，趿着鞋走到两个人的身后。他抱着一个人的腰，把裤子里的东西掏出来，往那人的身上撞。一下一下地撞着，一边发出舒服的叹息声。众人看着他拔出来又插到另一个人身上，那人站得不好，他用膝盖一顶，那人一下双膝跪倒在地，他按着那人的头猛搞一气才松手。

我吓坏了，胡乱把稻草垫子盖在身上。刚盖好，老大就扔过来一只鞋，我只好重新把垫子铺上。

黑暗中猫眼都闭上了，我放松下来，开始闻到一阵又一阵的尿臊味。稻草垫里的虱子咬得我全身发痒，我特别想回家。我想家里的床，想床边塑料桶里的半桶水。这样一想，我后悔极了。

老大是个大学生，在北京上的大学。他干的事跟杀人有关，但没杀死。我一点都看不出，他像个中学老师，知识分子，长得很斯文。他喜欢哭，我不明白一个爱哭的人怎么会杀人。他坐在床板上哭，双手捂着脸，哭得喉结一跳一跳的，像是里面有一只小耗子，眼泪水从两边涌出来，腮帮亮亮的。我从来没见过这么爱哭的男人，他哭着哭着就把眼镜拿下来。

如果他没进来，跟我们就是完全不同的两种人。但我进不进号子都差不多，活着不会有什么改变。我们王榨有七八个人进来过，我爸和细铁哥还在新疆坐牢，快出来了，出来该干什么还干什么。这事我替细胖认了，他家给我四千块钱，我觉得没什么不好。

但我不喜欢我睡觉的时候旁边有一个尿桶，不喜欢虱子咬我，我也不知道他们会不会再把我的裤子扒下来。

我不喜欢他们撒尿，好像尿水随时都会溅到身上。我也不喜欢吃这里的饭，每顿都是白菜。但我喜欢听他们说女人，他们让我说，我一说，他们就笑，说我还没长毛就知道想女人了。

他们每次都让我说小梅的事情，老大最爱听我说小梅断气之后我对她做的事情。实际上事情都是细胖做的，但既然我拿了细胖四千块钱，我就要把事情说得像是我干的。说了几遍，我就觉得事情真的就是我干的了。

我问脑子里的瘤子，我是大头还是细胖？瘤子说，是大头，我又问：是谁干的小梅？瘤子说：是细胖。这时我觉得瘤子真是个好东西，它帮我认清事实，让我知道我是大头。

但小梅在月光下赤裸的身体好像就在我的眼前，细胖衣服上的鱼腥味飘到号子里，在七八双猫眼中隐隐约约。老大说，你躺到地上去。我知道，这时候就是要让我当小梅了。秋天的水泥地凉得像冰棍，我一躺下去就打喷嚏，一口气打了十几个，喷出的口水落到我的脸上。老大就让我改躺到稻草垫上，他跨在我身上，一边解我的扣子一边说，这是演出服？我说，是。“跳开放”的女孩自己缝的，其实就是一块布，在胸口系一个结，下摆都掩不住，一动就露到大腿根。

老大解我扣子的时候手很轻，到底是大学生，文雅。他摘掉了眼镜，眼睛半眯着，俯下身，脸对着我的脸，眼睛对着我的眼睛。但我知道他没在看我，他大概在看他想象中的小梅，或者看一个他喜欢但又永远不可能搞到手的女人。

我的衣服完全被解开了，胸口一片冰凉。

我说，她躺在稻场的地上，八月十五，月亮很亮，稻场上全是豆秸垛，她的身体一半在月光里，一半在阴影中，一半黑一半白，好像有人把她从中间锯开了，看上去很奇怪。我把她抱到有月光的地方。老大问，你抱得动她吗？我说抱不动。同号的七八个人窃窃地笑起来，他们怕值班的队长听见，笑起来就像一群老鼠在吃谷子。

老大没有笑，他等着我往下说。

在这之前我说过两次了，他还要我说，他把我当成小梅，一边听我说，一边在我身上干我干过的事情（其实是细胖干的），他说这就像表演哑剧，他在学校的时候看过哑剧，他想参加学校的戏剧社，但人家不要他，他说这是一种歧视。歧视我知道，就是看不起。

他在我光身子上抚摸。抚摸的时候他不让我说话，他的手指细长，是凉的，他跟我们王榨的学智哥一样，虽然生在农村，但从来没干过活儿，家里把他当菩萨似的供着。他反复摸我的脸，我的身上全是骨头，但脸上却有肉。在家我从不干地里的活，所以肉细。他用手指在我脸上按，画圈，也可能是写英语。画够之后他就一上一下地摸我的脸和耳朵，他把我的嘴唇捏起来捻，好像那不是嘴唇而是面团，他还捻我的耳垂。看样子他喜欢肉乎乎的东西。

我已经知道他的习惯了，他的手一停，我马上开始说。我把小梅抱到月光底下，我没拽她的裙子，是裙子自己开的，她的奶坨子露出来，挺在我的面前，一点遮拦都没有，我伸手一摸，又软又凉，肉乎乎的，我又喜欢又心惊胆战。我一害怕就把手拿开，但一拿开又觉得手上空空的没着落，就又放上去。我一揉她，别的事情就全不管了。她就是特别好的一个光身子，我跪在她旁边，全身的血都变轻了，很快地从这边流到那边，又从那边流到这边。我用右手摸她，右手的惊颤一浪一浪传到左手，我又用左手摸她，左手的抖动也一浪一浪传到右手。

用两只手摸跟一只手摸完全不同，我两只手按在她的奶坨子上，十指连心，惊颤像闪电一样打到我的全身，我的骨头又酥又轻，呼的一下，全身都腾空了。

老大摸了一下我满是骨头的肩膀，问，她没有戴文胸？

我又回忆小梅的奶罩子，在大棚“跳开放”的时候，她的奶罩子闪着金色的碎纸，在两个一百瓦的大灯泡下闪着金光。

听我说起大棚里的“跳开放”，大家都很来劲。我们号里有一半人看过“开放”，但老大没看过，他看过哑剧和芭蕾舞，但没看过“跳开放”。大家说芭蕾舞就是大腿舞，电视里有，大腿舞跟“跳开放”比，大腿舞最多算汽水，“跳开放”则是白酒，一句话，够劲。

老大就让大家讲“跳开放”，轮流讲，一人讲完了下一个接着讲。他们都讲得不好，边讲自己边咽口水，讲得自己两眼发直腿根发硬，我们一点都听不出名堂。而且往往一两分钟就讲完了，连个屁都没讲出来。轮到我的时候，我脑子里的瘤子特别活跃，好像又回到了大棚的现场，在黑暗中我的眼睛闪闪发亮，我说，小梅的奶罩子上有很多金色的碎纸，两个一百瓦的大灯泡一照，闪着金光。

她穿着半透明的裙子，绕场一周，里面奶罩的轮廓看得清清楚楚，还有三角裤衩，也隐约能看见，她一走，把下摆带动得一掀一掀的，差不多能看见大腿。她站在台中央，挺着，用手一拉，半透明的纱坎肩顺着她的肩膀滑下来，一下子，上身只剩了奶罩子。她又绕场两圈，再一弄，奶罩也脱掉了，上半身完全光着，像牛奶那么白。她挺着胸绕场走，一走一颤，好像里面装着水，我担心她颠得太厉害，水从里面流出来。她走到边上的时候，里面的人往她身上撒了一把发亮的碎纸屑，纸屑有红的绿的金的银的，她的身上就像长出了珠宝，在灯光下闪闪烁烁，她那奶坨子也沾了些发亮的纸屑，一颤一闪，一闪一颤。大家看得眼珠子都掉出来了，眼珠子纷纷跳出来，人都被定住了，眼珠子自己往台上飞，后面的挤着前面的，像一群马蜂，全是公的，但是没有马蜂的嗡嗡声，眼珠子们围着小梅的光身子，想流口水，但嘴又不知道在哪里，想眨眼，也不知道眼皮在哪里，它们想让小梅冲它们笑一笑，小梅连眼皮都不抬，她的头上戴着一顶金纸糊的皇冠，看上去像一个皇后。

在黑暗中我看不见他们，但他们的眼睛闪着光，照亮了每个人的耳朵。人的耳朵跟嘴一样，跟鸡巴一样，总得沾点什么才有着落。

在讲述中，我的瘤子则成为了天才。它灰色的花瓣越过墙壁，越过时间，总能准确地回到早已消失的现场。

一连十几天，我们每天晚上都这样消磨时间。他们让我扮演小梅，在号子里走台步“跳开放”。号子里除了铺位，横的只能走两步，直的也只能走九步，而且不能走大步。

一个男小梅（就是我）就这样出现在拘留所的号子里，他的脑袋比平常人大，脑袋大不是因为他比别人聪明，而是因为里面长了五个瘤子。瘤子长在右边，所以他就往左边歪脑袋，眼睛有点斜，身上骨瘦如柴，衣服里空空荡荡，装满了阴风鬼气。

总而言之，这个丑八怪就是我；总而言之，他们出于无聊，让一个丑八怪代替美女；总而言之，在黑暗中，一个丑八怪可以成功地装扮成美女。

我在号子里走，有时快有时慢。他们半眯着眼，从我搅动的空气来想象一个小梅。我宽大的衣袖碰到他们的脸，他们就会有强烈的现场感。

有一点残月，光线稀薄，我在灰色的号子里走动，我的影子是黑色的，我因为瘦而轻盈，因为终年上墙爬树，我觉得自己会飞檐走壁，因为长了瘤子，我视死如归，因为代替细胖进号子，我觉得自己是细胖，因为代替小梅“跳开放”，代替她躺在地上让老大脱衣服，我觉得我就是小梅。我在灰黑中走台步，他们看不清我的头，也看不清我骨瘦如柴的身体，他们看到有一个影子在走动，对他们来说，这个影子就是小梅。

我脱掉我的上衣，凉气从前胸后背同时灌到我的气管里，我一下又打了几个喷嚏。喷嚏使我从小梅的影子变回了大头。

如果我不打喷嚏，我也随时会变回大头，我从这边走到那边，有一两只手会碰到我，他们在我身上抓一把，抓到骨头他们就知道我不是小梅。这使我觉得自己是妖怪，我的武器就是自己的影子。

我许多次代替小梅躺在稻草垫上，老大一次次地脱我的衣服。他不再需要我讲，他把我当成一个女人，一次次把我压在身子底下。他有时候让我用嘴当女人。

因此我很快就不用靠着尿桶睡觉了。我的铺位紧靠老大的铺，他不让我倒便桶，让他们把好吃的给我。我想起细胖给小梅的煎鱼，我和他给“七姐妹歌舞团”送的白菜、茄子、花生，只有土豆大的萝卜和偷来的肉骨头。

老大的身体有一股炒煳的麦子味，他说我身上是一种烤土豆的味，虽然我瘦，但他特别喜欢我身上的味道。他使劲撞击我，每一次都发出号叫声，但他有时候抚摸我，好像也有点心疼我。

有很多次了，我不知道自己是大头还是小梅，或者是我脑子里的瘤子。

号子里经常打人，每一种打法都有一个菜名。一共有三十六道菜，是三十六种打法。我只见过其中的几种。红烧狮子头，是揪着头发打；炒黄豆，是把人推来搓去。用尿浇，是腌咸肉；抬起来摔，是爆炒腰花；扒光衣服打，是烤全羊。

因为老大，我一次都没挨过打。

进来过一个复员军人，他说他是冤案，不愿跟我们同流合污。这样，他每天都吃到一个“菜”。到第五天，天还没亮，他在地上滚成了一团，号叫夹杂着呻吟，但老大不让人理他，所有人都靠墙站着，直到政府来人。他吞了牙刷，自杀，但没成功。政府给他吃韭菜，把牙刷拉了出来。他没死成，转到别的号子去了。大多数人没有他的血性，只打一顿就够了。

发烧的时候我觉得自己很奇怪。我躺在原地，我的瘤子带着我的眼睛飞到半空中，它看见大头躺在看守所的稻草垫上，两眼发直，像一条狗。

我的瘤子比我记得的东西更多，它飞翔在王榨的上空，看见猪和狗，蜻蜓和蚂蚁，地里的油菜和我床上的南瓜，一条叫作妞儿的牛，看见我的腿根飞速成长变硬，以及二皮叔、我奶奶、三躲、四丫姨，还有花痴和双兰，细胖、小梅和小秋，还有打架的时候飞舞的拳头、明亮的土铳。所有的人和事都在飞奔。万物都在飞奔。

第二部　游荡

脑子里的花

瘤子就是我脑子里的花，灰色、重叠、花瓣紧凑。它每天飞出我的脑子，但又要回到我的脑子喝水，我的脑子是它的土地和花盆，以及它睡觉的地方。

瘤子使我死亡，也使我自由。如果我死去，也是死在这样一朵灰色的花中，这种死法使我感到自己不同寻常。

水

我躺在床上，听见奶奶发出了吹哨的声音。

她得了重伤风，鼻孔像被人塞了两根麻秆，气流从麻秆的缝隙冲出，发出嚯嚯的响声。我用脚踢她的腿，哨音停了一会儿，但马上又响了起来。我又揪了一撮稻草，扫她的脚心，却跟碰着牛皮差不多。她一动都不动，我只好用指甲掐她，我摸来摸去，根本就找不着她的脚心，哪都像脚后跟，跟一截老树皮没什么两样。

我冲这截树皮乱掐一气，又捶又打又抓。直到我手心发麻，手背又痒又痛，奶奶才哼哼说：大头，你渴了吧，自己去喝水。

床边有一个红色的塑料盆，里面放着一满盆自来水，还有一个带把的水杯，我有时睡得好好的就被喉咙里的火弄醒，火从胸口那里烧起来，一开始是一点点火，像稻草烧的闷火。过了一会儿就会变成麻秆的火，噼里啪啦地响，很快，火就猛起来，滋着油，冒起了浓烟，是松明烧了起来，浓烟烈焰连同呛鼻的松脂气味一起从我的胸口往喉咙挤，喉咙好像被烂泥堵住了，烟和火全都挤不出去，越堆越多，像铁一样又硬又烫，又像有一座火山在我的喉咙喷发，有关火山，我是在电视上看到的，我们王榨的山都不喷火。

火山在我的喉咙燃烧，我想我快要死了，这样一想我就睁开了眼。

每次口渴就是这样。

每次我都像一只火球那样从床边滚下来，有几次我总是直接滚落到床边的大红塑料盆里，全身精湿，活像一只不小心掉进水塘的老鼠，但我喉咙里的火一点都没有减弱，见到水反倒出现了火上浇油的势头，我急得蹲在盆边，一杯接一杯往嘴里倒水。我一次要喝十几杯水才觉得好一些，一个晚上我要喝掉一大盆自来水，要尿一桶尿。

我从来不饿，就是渴。我晚上喝一盆水，白天喝两盆，肚子总是圆滚滚的。奶奶喜欢摸我的肚子，一摸她就要逗我：“我伢肚子里有几个细伢？一个，两个，三个。”

她知道我不饿，让我下床喝水，但她的声音跟平时很不同，像村头的安南在说话。安南是绍遵爷的外号，我们王榨每个人都有外号，绍遵爷的外号本来叫非洲，电视上出了一个安南，跟绍遵爷长得完全像，所以就叫安南。我想不会是半夜我睡着的时候出了什么差错，我爬到床的那一头，趁着朦朦的天光，看看到底是谁躺在那里。

奶奶的眼角有两大坨眼屎，跟小鸡在那上面拉的一样。她的眼皮在动，动了老半天还睁不开，我只好捏着她的眼皮往上扯。她说，大头，奶奶伤风了，你自己拿一袋方便面泡来吃吧。我说我不吃方便面。她又让我到村头王胖儿那里买馒头，并且伸手在枕头底下摸来摸去，我说我不吃馒头，我要喝娃哈哈。

奶奶的鼻子猛地吹了一声长长的哨音，她打了一个喷嚏，眼睛眨了两下，总算想起来，说：大头今天过生日，奶奶一伤风就差点忘了。她从枕头底下摸索出十块钱，让我去买娃哈哈。

这就是我十五岁生日那天的情况。我十五岁，我脑子里的瘤子四岁。

瘤子的历史

我瘤子的历史从十一岁开始。

十一岁。感到口渴，每天要喝一桶水。十二岁，去看病，没看出名堂。十三岁，医生说我脑子里长了五个瘤子，最多只能活一年。

十四岁，四处游荡。瘤子眼观六路，耳听八方，整天飞翔在王榨的上空。瘤子使我不上学，不干活。奶奶说，活不了多久了，去玩吧！瘤子既使我通向死亡，也使我通往自由。它是我的双刃刀。

炮仗

王大钱是什么时候发的？我已经记不住了。王大钱就是我的四姨夫。快过年的时候，他坐飞机回到武汉，在武汉用手机给家里打了电话，说他租了一辆红色桑塔纳坐回家，让我妈去买一挂百响的炮仗，等他一到村头就点燃。

我妈在村长家接的电话，她喜颠颠地跑去买了两挂炮仗，回来跟我爸说，四丫当初闹着要嫁到王榨，说王榨好玩，我还不同意，说好玩又不能当饭吃，这下好了，没想到这四丫有旺夫相。

王大钱在县城打了一次电话，到马连店又打了一次电话。马连店离王榨十里路，也就半碗茶的路程，我和我妈刚赶到村口，就看到一辆跟电视里一模一样光亮的大红轿车开了过来，晃得眼睛都睁不开，就好像谁给它劈头盖脑浇了一大锅油，油里放了无数红辣椒。

我不由得使劲吸了几下鼻子，想要闻出又香又辣的味道来。结果我吸进了一大口汽油灰尘味。一阵头晕，红车就到了跟前，我看到车里坐着我四丫姨，她穿着一件鸡屎颜色的毛乎乎的大衣。四丫姨说这叫貂皮大衣，乌鲁木齐那边最时兴，又富贵又暖和。但我还是不喜欢我四丫姨穿得像鸡屎似的，我喜欢她穿那件大红呢子上衣，她嫁到王榨那天就穿着那件衣服。那时候我还小，我在她这件衣服里面的暗口袋上咬了个牙印，四丫姨说，不要紧，童子伢的牙印像朵花。

四丫姨坐在红车里，她身上虽然像鸡屎，脸上却亮晶晶的，好像有谁在她的鼻子尖上挂了一盏灯，这灯跟手电筒里的灯泡一样小，谁都看不见，只有我看见了，它藏在四丫姨的皮肤里，四丫姨一扭头它就一闪，再一扭头，它就又再一闪。四丫姨看见我就叫道，大头啊，别愣着，快让你妈点炮仗。

炮仗噼里啪啦响，粉红色的纸屑像雪花一样落在大红的轿车上，四丫姨笑得像朵花，我听见奶奶连连说，好彩头啊，好彩头啊。我抬头一看，全村人都挤到村头来了。

晚上男女老少都到我四丫姨家看热闹，听王大钱吹牛。王大钱本来外号叫牛皮客，他发了以后就变成了王大钱。我不喜欢牛皮客，也不喜欢王大钱，这两个名字都不好听，但他这个人花钱大方，也好玩。在王榨，好玩就行。王大钱穿上好衣服，真就不像个农民，人长得气派，怪不得连香港的大演员万梓良都跟他做生意。

香港演员万梓良的名字像一个大响炮在四丫姨的屋子里炸

开，见识最广的学智哥连连说不可能不可能，太像天方夜谭了。他嘴里咝咝吸着气，像一条土地蛇。土地蛇也没用，王大钱就是跟万梓良做生意了，跟板上钉钉生了锈一样真实。王大钱当时在北京干了一年装修，赚了一点钱，正好碰上万梓良到北京找合伙人，来了很多老板，但他们个个都穿得臃肿，穿着毛衣，还穿着皮夹克，又胖，形象不好，只有王大钱一个人穿着衬衣，万梓良在人群里扫了两眼，看到王大钱他眼睛一亮，于是王大钱就中了彩。这都是他自己说的，他拿出和万梓良的合影给我们看，那年万梓良正好演了一个贺岁片，他跟电视上一样，我四姨夫王大钱就站在他的旁边，很威风，看上去也像一个演员。

从这一天起，我四姨夫就变成了王大钱。

过完年，爸妈就跟王大钱到新疆乌鲁木齐做生意去了。四丫姨把她那件大红呢子衣服给了我妈，我妈穿着它出门。四丫姨还是穿着她那件鸡屎颜色的大衣，她搂着我说，大头，在家好好待着，好好上学读书，明年四丫姨带你坐飞机。透过衣服，我闻到她身上那股烤红薯的香甜味。

水（二）

我喝凉水就是从这一年开始的。我奶奶说我喉咙里着了火，光喝水不吃饭。喝热开水热茶热汤都不顶用，我每天晚上喝一盆自来水，尿一桶尿，白天喝两盆水。有时候我会头痛，头一痛，我眼泪就出来了，我痛得没有力气喊，我奶奶看见了也跟着哭，她边哭边说：“我伢伤心——痛死了——唉哟喂——下去不得——”说完她又说：“唉哟喂——我伢痛死了——”头不痛的时候我还能吃半碗粥，头一痛，连粥也喝不下去了。

奶奶晚上老摸着我的胳膊腿说，我的好大头啊，越长越细了。

快过年的时候，妈领我到县医院看，只开了钙片和鱼肝油。

然后去黄石医院。然后去武汉。武汉儿童医院。武汉同济医院。

机器照出我脑子里长着五个瘤子。我看到了那张片子，瘤子像一朵不规整的花，长着灰色的花瓣，花瓣之间重叠紧挨，使这朵花看上去讲究、精美。

只要不头痛，我就喜欢这朵花。

奶奶到马连店买了一斤猪头肉，又给了二十块钱，让百六九说说我的日子。百六九说，大头是天上神仙的道童，是到人间托生转劫的，这种童儿是养不大的，每年正月初五初六童子节，请人给他念念童子经，让他早点托生就好了。我奶奶问他我还有多少日子，百六九说大头是来你家讨三万块钱的债的，花完了三万块钱就死，不多花你一分钱。又说我前世已经托生了一家，死后还要再托生一家。最后托生的那次最多只能活三年，短的话就只能活三个月，要看出生的时辰。总之一共要托生三家才功德圆满，才能回到天上去做神仙。

奶奶听说我是天上的道童，每天晚上我睡着之后都要给我磕头，让我回到天上之后保佑全家，让我妈再生一个男孩，让我爸发大财，跟王大钱一样，让我奶奶没病没灾，活到九十九岁。有时候我装睡，等奶奶冲我磕头的时候，我就用嘴放屁，奶奶以为是真的，赶紧用衣袖捂着嘴。

在百六九给我算了日子后，我奶奶就翻箱倒柜，把枕头底下、席子底下、抽屉，还有松动的砖头都翻了个遍，把所有纸片找了出来，结果看病花了两万七千块钱，按照百六九的说法，再花三千块我就要死了。

十四岁生日的前一天，我发了症，头痛得厉害，好像有两把斧头在我脑壳里撬，左撬右撬，要把我的头生生撬成两半。我疼得直喊，奶奶在一旁哭："我伢伤心——快痛死了——哎哟喂——天上的神仙喂——快来帮帮我伢喂——我伢痛死了——"我脑壳里的两把斧头一下变成了两头牛，一头往左边跑，一头往右边冲，我一下就倒在地上了，灰色的水牛变成了红的，我们王榨从来没有过这种颜色的牛，电视上也没有，它们肯定是从天上来的，要把我踩死，死了好托生，托生完了好回到天上去，一只血红的牛蹄像天那么大，照头照脑踩我的眼珠子。我在地上打滚，奶奶的哭声好像在很远的地方，红牛又变成了黑牛，比木炭还黑，只有两只眼珠子又大又亮，就像我脑子里挂着两只一百瓦的电灯泡，烫得下不去。牛越来越多，红牛绿牛黑牛白牛，它们在我脑袋里挤着冲着，要死就快死吧，我不愿活了，天上的神仙，我爸我妈我奶你们都在哪里啊。我躺在地上，连滚都滚不动了。到了晚上睡觉的时候头痛才慢慢地好了一点。

我奶奶说，大头啊，不是奶奶舍得让你死，奶奶实在是见不得你痛啊，虽说你前世是天上神仙的道童，今世你是奶奶的心头肉，奶奶不忍心看你受折磨，奶奶又不能替你，你就好好地去吧，早死早托生，少受点罪。

现在我花的钱已经超过了三万，但我还没死，我从十四岁又活到了十五岁。医生的话不灵，百六九的话也不灵，我不知道我什么时候死。

有时候我在坡上碰到百六九放牛，我问他，百六九爷，我家的三万块钱我早花完了，我怎么还不死？百六九说，快了快了，要不了多久了。我问他，我过得了年吗？我过得了正月十五吗？

金　黄

我的瘤子最喜欢油菜花，在盛开的季节，我的瘤子就会飞出我的身体，在油菜花的上空盘旋，这时我的眼睛里一片金黄，就好像我自己也是一朵油菜花。

油菜开花的时候又高又密，人藏在里面一点都看不见。但我的兴趣是在那里面找到人，或者人的痕迹。我的瘤子在连绵的油菜地上飞翔，看见一小块一小块平整的地方，它们多半空空荡荡。如果有人，一男一女，在打滚，或者纠缠在一起，我就会停留在上方。

这时候我的头就不疼了。

我像一只蜜蜂那样微笑着。

三四岁的时候我不知道怎么回事，问奶奶，奶奶说是山上的大虫干的。夜深人静，大虫就会下山，一公一母，它们身上发痒，于是就到油菜地里滚上一碗茶的工夫再回山。至于活的大虫，连我奶奶小时候都没见过，她说她爷爷小时候见过一次。

我现在已经知道这种事情了。

村里人都说，王榨十六岁以上没有一个童男子，这事就是线儿干的。线儿喜欢红和绿，三十断红，四十断绿，线儿说这都是古时候的教条，现在都是什么年代了，别说三十，到八十也不断红。她常常穿着绿色的上衣、红色的裤子，在王榨全村上下走动，有一点妖，又有一点好看。

奶奶跟安南爷说，这叫作八十岁的婆婆穿红衣——落得个远望。线儿不管，她眯着眼睛，不紧不慢地说：“我独要穿，气死你们，再不穿，够晚了。”

线儿一年四季脸上都要抹东西。她不愿意抹两块钱一袋的“可蒙”“孩儿面”，一定要抹“小护士”，夏天还要抹花露水，走到哪儿都香喷喷的。她绿衣红裤香喷喷地站在村子里对人说，全村男的没有人不想她的。

这句话像一阵风呼的一下传遍了全王榨。安南爷说：莫非我也想她不成！我奶奶说：莫非我家大头也想她不成！

线儿说，找大头来问问。我那时只有十二岁，线儿站在我家门口嗑瓜子，她扬着手心，翘着兰花指，把瓜子从右边的嘴角送进去，一眨眼，瓜子皮就从左边的嘴角出来了。

我看得入迷，由不得往她身上凑。那是我第一次这么靠近她，一阵又一阵的香气使我迷迷瞪瞪，像做梦似的直往她身上扎。线儿说，七婆七婆你看你看，你看你家大头，这么点小人就知道往我身上蹭。她用一只手托着我的脸，问道：大头，你想不想你丹桂姨？我说，想。她又问：你想不想跟你丹桂姨睡上一觉？我又说，想。她又说，小子，说话都没力气，大声一点。我便又使劲大声喊了一声：想！她说那你吃过饭就到东头那片油菜地去。

我在油菜地边等了一会儿，尿有点憋，正要撒尿，远远看到线儿来了，她挎了个篮子，一扭一扭地走在地埂上，走得不像一个三十多岁的人，当然也不像小姑娘。至于像什么，我一时也想不好。村里人常常骂的骚货，大概就是这样的吧。

我喜欢骚货，人一骚，身上发出的不是尿臊味，而是一阵阵的香气，跟一朵花似的，我不知道为什么大人不把花叫作骚货。

线儿到了跟前，我瞪大着眼睛、张大着嘴迎她。线儿笑着说，这么点小人，张这么大张嘴，不怕天上落一坨鸟屎进嘴里。我奇怪她身上怎么变成了一股米糖的甜味，从她笑着的嘴角、胳肢窝和胸前的奶坨子上散发出来。像一些看不见的蚕丝，把我一道一道缠住了。我伸出舌头舔舔自己的嘴唇，好像也沾上了一点甜味。线儿火拉我上了地埂，说，大头，你小鸡鸡还没长大呢，怎么就这么猴急，我是跟你奶奶逗着玩呢。她边走边说，跟我挖地菜去，回家让你奶给炒鸡蛋吃。

我说我来之前奶奶就炒了鸡蛋给吃，奶让我吃了鸡蛋再来。

线儿一听，“噗”的一下大笑起来，她越笑越止不住，七歪八倒的，倒在了地埂上，她的奶坨子在衣服里面直动弹，她捂着肚子，喘着气说，哎哟喂——肚子——哎哟喂——

我壮着胆凑上去，伸手摸她的奶坨子，呼啦一下，一种又温又软又肉乎的东西掠过我的手指，我猛地缩回了手，手指自己抖了起来，好像有一点疼，好像又不是疼，我的心也跟着颤了起来，与此同时，我觉得头皮“嗡”的一下，好像有人拿棍子照头敲了我一棍。

我木在那里，四周一点声音都没有，静得像半夜一样。但白天的亮光一阵阵涌入我的眼睛。

我听见线儿火的声音从远到近地停在我的脸上，她两只手同时轻轻拍我的左右脸颊，她说大头大头你怎么了？你丹桂姨在这儿呢！她说你要是觉得好你就摸摸。我从她的领口看到了她的奶坨子，很白，胸口有一颗痣，是红色的。她拿起我的手，往那里引。这时候我憋不住，我说我要尿尿，刚说完，腿根一热，一摊热呼呼的尿水就淋在脚背上了。

水塘和毒药

我喜欢三躲的嘴。

她的嘴唇下面有一颗痣。不管她吃什么，嘴角总是干干净净的，像仙女一样。我奶奶说，全村的女孩，吃相最好就是三躲。她饿的时候也不显饿，也是那样把嘴唇一嘟，东西就咽下去了。

等我长大，我想让三躲当我的媳妇。三躲说我活不长，我死后她就要守寡，不然就要改嫁，这两样都不好。她说她不想嫁在王榨，要走得远远的。等到十五岁就去广州打工。

但三躲忽然不见了。我想很有可能是被她妈给卖了。

她妈天天骂她。她站在家门口，或者水塘边，或者田岸上，她的骂声全村都能听见。她骂道：你这个烂逼！你烂到哪张床去了！你这个臭逼狗婆子逼！你怎么不去卖，怎么不到广州去卖！你趁早去吧，趁你狗逼还嫩，老了就没人要了！骂声从臭水塘传来，在空气中像大蚂蚁，咬得我脑袋疼，接着又从头上爬过来，跟许多蚂蚁裹在一起，咬我的脚丫，但就像疼在脑仁里面。

三躲只有十五岁，她想上学，她妈不让。

她妈还把她推进塘里，细铁哥把她拉起来，她衣服湿淋淋滴着水，头发也滴着水。

每当看见三躲挨打，我就想到甲胺磷，最毒的农药，喝一小盖就死，救都救不活，拉不到马连店人就没气了。甲胺磷最厉害，不管什么虫子，三化螟二化螟红蜘蛛占星虫吃虫腻虫，不管什么虫子，一喷就死。我要去我四伯家的柴房偷一点来，搅到她妈最爱吃的苕果里。万一把三躲也毒着了怎么办，我让三躲千万不要吃她们家的苕果，要吃就吃我们家的，我奶奶做的苕果比她妈做的还甜呢。

我要做一种喷药器，像喷蚊子那样的，拿在手上，等半夜她爸她妈睡着的时候，我像一个会轻功的大侠，在空中行走，我越过王榨的屋顶，零星的灯光就是星星，在我的裤裆下面颤动，我轻轻一跳就跳到她屋里，我拿一把剑，一撩就撩开她妈她爸的蚊帐，“刺刺刺”，我使劲喷，“刺刺刺”，匹卡——母大虫就断气了。

三躲说她要是被人拐卖了，她妈一分钱都落不着，肯定会骂得更狠。她说与其让她妈卖，还不如让人贩子卖。让她兰细娘变成一只没头苍蝇吧，嗡嗡嗡乱窜，骂多大声三躲都听不见，骂，骂不着人，打，也打不着人，想把人往塘里推，也推不着，推你自己的老逼吧！

面 容

四丫姨再回来的时候，没有穿那件鸡屎颜色的大衣，而是穿了一身大红的运动服，像电视里的王军霞。我看了看她的耳垂，上面的金耳环不见了，换上了一粒亮晶晶的东西，我正要伸手摸，四丫姨就说，大头啊，你还活着啊，四丫姨以为这回见不着你了。

我有点不好意思，好像骗了四丫姨。我说，医生说我只能活一年，百六九说我花完家里三万块钱就死，我也不知道怎么还不死。

四丫姨说不死好，幸亏四丫姨也没死。她说王大钱跟她离婚，离了半年，又跟她复婚了。她摸摸我的头，捏捏我的手，一种甜丝丝的气味重新罩在我的周围。她说要带我到北京看症，同济医院的医生说得不准。

复婚这件事像一朵花开在四丫姨的脸上，有好长时间没看到过四丫姨的脸了。她脸上长了一个小疱，开始时像一粒绿豆大，四丫姨说是五丫气的，气上了火，等她把五丫收拾了就会好。后来绿豆越长越大，变成了土豆，四丫姨半边脸都肿了，赶紧到医院治。动手术，把半边脸都挖掉，不挖脸人就得死。四丫姨整天包着纱巾，像个少数民族。

四丫姨隔一段就去整一次容，现在她脸上的土豆和坑都不见了，脸皮绷得紧紧的，比以前还要平整，所以我觉得四丫姨又有点不像四丫姨了。王大钱跟四丫姨复婚，他们又要睡到一张床上去了。结婚就是男人和女人在床上粘在一起，六岁我就知道这件事情。公鸡和母鸡，公狗和母狗，公猪和母猪，还有鸟、鱼、虫子，它们在天上地上，水里和空中粘在一起，有时粘半天都不脱开，有时粘一下就不粘了。尾对尾，肚子对肚子，背压背，这时候他们就喊我："大头大头，快来看，麻雀日麻雀了！"我闻声就奔跑起来，生怕看不到。我奶奶骂说，发瘟的，狗婆子日的，大头才六岁，积点德吧。他们说不让他看，等他长大日他媳妇的肚脐眼不成。

人日人是不能看的，谁撞上了谁倒大霉。下湾子村的书记，到我们村来找他侄女五儿，上到二楼，一眼撞见禾三跟五儿正在她家床上搞，两个人穿着半截衣服，下半身光着，盘在一起，书记想躲都躲不及，他回到家直打自己的头，他妈哭了三天，到第二年，这个书记就死了。

我不怕死，知道我活不久我就更不怕死了，别人死了都要埋在土里，我死了要回到天上去，早一点死就早一点到天上去。我问四丫姨王大钱什么时候回来，四丫姨整了容，有点怪怪的。我想也许真的四丫姨已经死了，现在的四丫姨是狐狸精变的。

空　气

在村里，一个男人遇见一个女人，我就会听到以下对话：

男：昨晚你们搞了几回？

女：你家几回我们家就几回。

男：那我们玩会儿？

女：行，玩就玩。

男：那我夜些就过来了？

女：你来吧。

男：真的来了？

女：来了就困床底下。

男：去你妈的瘟！

一个女人遇到另一个女人，她们就这样打招呼：

狗婆子逼，吃过了吗？

你才是狗婆子逼，吃过你的逼了。

你不是逼你是什么，没逼你能嫁到王榨吗？

你没逼，没人日的货。

两个女人笑嘻嘻的，大声打过招呼，然后她们头对头，说，给你讲一个好话。问：什么好话？说：我看见禾三上线儿家了，从后门进的。两人说完又去找五儿，女人们想看五儿跟线儿闹。五儿跟线儿面和心不和，五儿跟禾三也睡。村里人都说，两个女人围着一条螺[①]，扛了一夜又一夜。

大家喜欢堵门口，抓着了一对男女就像过节一样，全村都喜气洋洋的。

喜欢看见

我脑子里的花喜欢看见男女私情。我兴致勃勃，油菜地、麦地、稻草堆、后沟、盖了半截的地基、前山、后山、别人的家里，床上、柴屋、阁楼，都看个遍，看这种事的时候我的头一点都不痛，比药还灵，比娃哈哈还好。奶奶说，你看吧，你想看什么就看什么，你这个道童转世的大头，你这个人精。

我不上学，到处闲逛。

王榨的人都不爱上学，禾三叔只上了一年级，照样当队长，还当治保主任，地区还来开现场会，村里来了十几辆小汽车，

---

① 螺：方言，即男性生殖器。

电视台的人站到我家的屋顶照电视，是我们王榨最风光的人。女人都喜欢他，全村的女人都愿意跟他睡觉，我奶奶说，天不收这条螺，活得真够本，什么香逼臭逼都日过了。

天不收是禾三叔的外号，是特别坏的意思，坏得连天都不收。

他说天不收地收，我多日几个儿子出来，对王榨也是一个贡献。三叔认得字，但不会算账，小队的账每年都让五儿算，要交义务工的时候，她就可以用算账来顶，不用交。五儿盖房，地皮费也没要，大队盖学校的树，也批给五儿盖房。至于他给线儿什么好处，全村的人都知道。五儿嘴紧，线儿嘴松，我奶奶说线儿不光嘴松，裤腰带也松，但松不过双兰。

我那天特别无聊，好久没头痛了，口也没那么渴，天刚下过一点雨，路上灰尘不大，我向奶奶要了十块钱，一路走到马连店。后来在兽医站看到了禾三叔跟线儿睡觉，那是第一次，而且这么近，我受了惊吓，晚上做了许多梦。

先是梦见吃的东西，它们本来摆在马连店的集市上，却不知怎么忽然变成了一条河，热烘烘地冲我脸上涌来，像水壶里源源不断倒出来的热水。甘蔗苕果炸糯米团卤鸡蛋卤鸡侉子卤干子炒米粉糖粥豆腐脑蚕豆辣锅巴炸搞条[1]，统统搅在了一起，

---

① 鸡侉子：方言词，即鸡腿。搞条：即麻花。

米粉左摇右摆，像一个风骚女人在扭腰，这个女人到底是谁呢，我在梦里使劲想，当我快要想起来的时候鸡侉子自己走了起来，像一只没了头的公鸡到处找母鸡，正找着，四只腿拧在了一起，成了搞条，搞条这个名字叫得真是好，怪不得有时候我奶奶说，那两人吃搞条去了。我终于在一大碗的豆腐脑里看到了一个女人，她穿着一件红衣服，两只手一边举着一个搞条，一个往我嘴里塞，一只往禾三叔嘴里送。

天亮的时候我醒来，左边的脸有点痛，我马上想起了昨天兽医站里的事情。

从左边的脸开始，脸昨天在哪里呢？贴在一块木板上，木板在哪里呢？在兽医站里。

木板缝里出现一小段身体，胳肢窝，有一窝毛儿，又黑又亮，胳肢窝半张着，奶坨子看不见，被压住了。他们使劲动，床板叫得像一群鸭子，嘎嘎嘎。兽医站里没有人，下乡了。他们没进兽医站的时候我先在缝纫店门口看到线儿，她穿了一件白底细红格子的衣服，拃着腰，胸口鼓鼓的看上去有五儿的奶坨子大。我隐约知道她跟禾三叔的事，于是蹲在缝纫店斜对过的打铁铺门口，等着看他过来。我头上戴着一顶旧草帽，谁都看不见我。

禾三走路像一只豺狗，头往前伸，脚飞快，眼睛看女人，又像笑又不像笑。豺狗的鼻子尖，哪里有鸡一闻就知道了。禾三的鼻子用来闻女人，他的眼睛半眯着，鼻子一动一动的，脸扭到缝纫店里，但他没有停，一直走，在兽医站门口一闪就不见了。线儿说你是天我就是地，天一下雨地就湿了。线儿眼睁睁就变成了一条泥鳅，她溜到缝纫店的后门，在一片萝卜地里闪呀闪呀的，她的身体光溜溜滑腻腻散发出一种腥气，腥裹着甜，甜裹着腥，萝卜的叶子也沾上了腥甜的气味。线儿火腥腥甜甜地躺到了兽医站后院的木板床上，他们为什么要到兽医站去呢？后院的房子是谁的呢？

后院里的气味更加腥甜，猪牛马羊的大粪味和青草的新鲜味混杂其中，这些气味变成了火，两个人火烧火燎地从前门和后门跳到了院子里，一跳一跳太像电视里的动画了。跳两跳跳三跳，三下两下半截裤子都没有了，光线太暗了，眼太花了，门缝太窄了，看不清。但可能全身衣服都脱光了，不然怎么会看见线儿火的胳肢窝，不然线儿火怎么会像着火似的叫起来。泥鳅叫起来了，豺狗也叫起来了，两人的嘴张得大大的，泥鳅和豺狗缠在了一起，一个光溜一个毛糙，一个软一个硬，两个人互相揪着掐着，像是要拼个你死我活。

豺狗的声音咻咻咻，泥鳅的声音唧唧唧，谁也听不见，只有大头能听见，大头啊大头，你就好好饱一饱眼福吧，眼福耳福鼻子福都要享到，禾三说男人的福都在一条螺上。你还没长毛呢，长了毛再享男人的福吧，这话我不记得是谁告诉我的了。豺狗咻咻地说，小泥鳅你这小泥鳅逼小泥鳅窝太迷人了水真多，泥鳅唧唧地说，滑溜不滑溜，豺狗说滑溜，泥鳅说肉紧不紧，豺狗说紧得像狗婆子逼，香不香，香，酥不酥，酥，麻不麻，麻。豺狗咬牙切齿地说你这酥逼香逼麻逼狗婆子逼，我日死你，你家青蛙太有福气了。线儿问，跟五儿比起来怎么样？禾三说，比她香比她酥比她麻。

我见过狗婆子逼，我不明白这跟香酥麻有什么关系，肉粑才香呢，炸搞条才酥呢，锅巴才麻辣呢，等我长大了我一定要跟线儿睡上一觉。

我常常梦见自己变成了禾三，我长成了他的个子，走路也像一条豺狗，最重要的是我腿根的东西长得跟他的一样粗一样长，在梦里硬得像一根铁棍，但我的脸还是自己的脸，一点都没变。线儿没有老，穿红着绿抹香，五儿也没有老，五儿生了一个儿子，长得跟禾三像，五儿的奶坨子更抖了，腰也见粗，双兰的老公得肺病死了，双兰跟谁都睡。

电的声音，B 超和三躲

火车碰到电线，死了。他的皮肤滋滋响，谁也听不见，只有我的瘤子能听见。

我们一起去偷西瓜，他走在前面，看瓜的人围了栅栏，在口上安了电线。电线认识我，知道我是快死的人，所以不电我，它电火车，火车就被电死了。我们不敢喊，悄悄跑回村。

火车跟我同一天生日，但他比我小几岁。三躲的生日不知是哪天，她爸她妈嫌她是女孩，从来不给她过生日，我过生日吃扯坨粑，每次都端上一大碗给三躲。三躲说，我也不过我的生日了，我就过你的生日。

火车家只有火车一个男孩。他妈怀上他就外出躲计划生育，到快生的时候坐火车回家，火车等不及，就出来了。所以他叫火车。

三躲也是超生的。

三躲她妈她爸一块到河南安阳修表，都不会修，是混的。怀上三躲后还做了一次 B 超，她爸骗人家说，是第二胎。在我们广大农村，谁的第二胎都做 B 超，是女孩就打掉。人家给她做，说看得清清楚楚，是男孩。

躲了三次才把三躲生了出来。有一次计划生育的人还到了安阳，他们从安阳又跑到了南阳，躲了三次，结果生出来是个女孩。

三躲的妈天天骂她。先是骂那个给她做 B 超的安阳医生，安阳医生听不见，她妈不解恨，就直接骂三躲。她喊：

狗婆子逼！细逼！烂逼！贱逼！

她手里拿一根很长的刺条，边打边骂：

你个狗婆子逼！打死你这个烂逼！八面死伢了你怎么留着不死！你这个狗婆子逼，你去死吧！旁边有很多人扯她妈，扯都扯不开，细铁哥把她手里的刺条抢下来了，她妈夺过安南爷手里的锄头，说要一锄头打死她。三躲跑到干渠边，她妈举着锄头追来，喊：跳呀！跳呀！你个狗婆子逼，你怎么不跳！

三躲身子一倒就跳下去了。水不深。细铁哥把她拉起来，她全身滴着水，头发和衣服都滴着水，她妈还要打她，安南爷把她拦开了，她还骂：你这个贱逼，我打不死你算你命长！

三躲天天干活，干所有的活，家里的和地里的。她哥什么都不干，一天到晚打牌打架，还赌，她爸没动过她哥一根手指头。有一次她爸还把她往塘里推，让她跳塘，她不跳，就踢她的腿肚子，把她往塘里推。

她爸说因为生了三躲，家里的东西都被扛走了，脚踏车、电视、衣柜，还要罚款，没有钱就拆房。她爸说三躲害他倾家荡产，迟早要打死她。

有的猪是人变的

有的猪特别聪明，会认人，会上树，会哭会笑，分得清敌我友，跟人差不多。奶奶说这样的猪就是人转世的，你再看它的蹄子，要是五个爪子就是人变的，不能杀。

但我二皮叔不这样看，他说什么猪都能杀，关键是要杀得它舒服，要是杀母猪，得杀得它哼哼直叫唤，让它以为有一头公猪压在它的后背上。要是杀一头公猪，则要让它误认为有一头母猪的屁股正在它的身下，让它呜噜呜噜直喘气。

二皮叔一边磨刀，一边眉飞色舞，挤眉弄眼。不过我不太相信有这样的事。他杀猪的时候我差不多都在，我从没听见过任何一头猪像他所形容的那样叫唤，它们呼天抢地地嚎叫，凄惨粗粝，好像有人往它们喉咙里塞了一大把沙子，每次我都要堵上一会儿耳朵。

谁能从刀子下的猪叫听出名堂来呢?

那就是我二皮叔。他说你不能用听人的耳朵来听猪叫，他扯着我的耳朵让我听，哼哼哼，呜噜呜噜，他学人的哼哼，又加进了猪的叫声，听起来有点像是猪叫出了人的声音。但等到真正杀猪的时候却不是这样。

所有杀猪的工具都在二皮叔的屋子里闪闪发光，放生刀、剃毛刀、晃钩、砍刀、铤把、尖刀，长刀短刀，宽刀窄刀，它们一一挂在墙上，这使二皮叔的屋子像一间刑讯室，又像一个武器库，现在看来，还像一个恐怖主义组织的秘密据点。二皮叔从来不让它们生锈，他又磨又擦，所有的刀，寒光闪闪映照在我二皮叔的歪脸上，使他看上去阴气逼人。

猪难道不怕他吗?

恰恰相反，二皮叔对猪，尤其对母猪有一种深刻的柔情。

我常常觉得自己看到如下情景：灯光之下面，稻草之旁边，我二皮叔深情抚摸一头母猪。他对这头无辜的猪说，你这狗婆子逼、骚逼、小婊子，我知道你前世是一个女人，又风骚又勾人，把人的魂都勾掉了，你好吃懒做，谁权大你就让谁日，你让村长日了又让支书日，支书日完又让治保主任日，你怎么不给我日，你嫌我是个杀猪的，你今世变成猪真是报应啊，变得好，变成猪你就落在我的手上了，你这个骚逼婊子狗婆子逼。我二皮叔边唠叨边动作："那年赶集我碰你一下奶坨子你吐我一脸唾沫，我摸死你。"他说着就自己把裤子脱了，想要进到猪里面。母猪也不躲，二皮叔干脆趴在母猪上面。事毕之后我二皮叔对母猪说，我就知道你不会躲，看你眼睛我就知道你是一个骚货，全身上下都有一股骚味，小骚逼，往后我给你放生，让你痛痛快快转世投胎做人。二皮叔叹一口气说，到时候你又不认得我了，只认得村支书，你这个狗婆子逼。

我二皮叔认为，杀一头猪就是给它天大的幸福，不是让它死，而是给它放生，放一条生路让它投胎做人。这样的真理大家都明白，但我二皮叔最明白。

所以杀猪叫福猪。杀猪刀叫放生刀。

每一只猪在我二皮叔的眼里都是人，二皮叔能看到它们风情万种扭扭捏捏。他做梦都梦到所有的猪都半猪半人，所有的人又都半人半猪，所以人人都喜欢他，所有的女人都愿意跟他睡，不愿意跟支书睡。

在猪的世界里，我二皮叔是一个说一不二的帝王，有后宫三千，嫔妃七十二。当然，变成了肉猪的母猪已经不是严格意义上的母猪了，母猪小时候叫草猪，公猪小时候叫仔猪。草猪和仔猪到一定时候都要阉掉，让它们只长肉不配种。用二皮叔的话说，这种母猪的猪逼下不出小猪。

二皮叔最喜欢杀变成了肉猪的母猪，并认为这头母猪在被杀的过程中跟他一样，感到莫大的幸福。

现在，二皮叔就要杀猪了，尖尖的放生刀、长长的刮毛刀、重重的砍刀，多么明亮，多么灿烂，就像太阳一样，它们的光芒聚集在二皮叔的眼睛里，使他在猪的眼里更加目光炯炯。而晃钩在空中摇来荡去，如果有一只猪抬头看天，就会看到这只晃钩和蓝天白云在一起，或者和星星月亮在一起（杀猪经常是在早上五点多），这样的情景会使猪忽略它的凶险性吗？

猪又看见了洗脸盆，红的蓝的花的，里面有半盆水，人在里面放了一点白色的粉末（有的猪不认识盐），用棍子搅了搅，一种咸咸的水腥味就升了起来，而二皮叔的尖刀划破水面，发出嘹亮的啸声，带着无边的今生前世的寂静，以及前世今生的喧哗，一步步紧逼而至，一头猪，如果不死到临头是绝对听不到这些旷世的声音的，人也不能。

死就是这样一个深渊，穿过深渊由猪变成人，或者穿过深渊由人变成猪。

深　渊

深渊的形状就是一把刀的形状。

在深渊的门口，是我二皮叔的手。他的手小而多肉，又软又滑腻，猪是多么喜欢这样的手啊！猪屁股也喜欢，猪奶子也喜欢，猪颈也喜欢。但猪颈喜欢的方式有所不同，它的喜欢是一种颤抖。

猪颈预先感到了凉意，所有刀的凉意都传到了猪颈上。此外还有水的凉意和晃钩的凉意。凉意的立方就是冰，冰在猪的颈窝跳动，像火一样灼热，它烧红了颈窝的那一小片皮。皮在跳，深渊就在眼前。

四五个人来了，他们围着猪。他们的手是大手，按着四只脚，按着头，二皮叔的放生刀像闪电一样一刀扎进猪颈窝，深准狠快，热血像惊雷喷涌，染红了猪的天空，猪的落日无比辉煌，秋水共长天一色，落霞与孤鹜齐飞（这是一个有学问的人说的，他现在已经死掉了）。一只猪，就要从黄昏沉入它的黑夜了。它喷出的猪血，被准确地接在脸盆里，脸盆里的盐水使血平静下来，变成一种红色的豆腐。

如果不是二皮叔动手给猪放生，猪就会不听话。

猪想，这是一个什么人啊，也配杀我，一个生手，杀也杀得不到地方。猪在刀子拔出之后，就会把脖子一扭，刀口对准那个半生不熟的杀猪人，把脖子里的血像男人尿尿似的尿到他的身上，这下这人就完了，活不了多久就会死，死了变成猪。

有一只猪，特别捣蛋，刀子刺进颈窝里拔不出来了，它带着刀跳上了房顶，把屎和尿全都拉在这家人床顶的瓦上。当然这种事不可能出在我二皮叔的身上。

说到屎和尿，我建议二皮叔制造一种杀猪的机器，这种机器一共只需要四个机关，连接一把刀和三个孔道，一个孔接血，其余两个分别接屎和尿，中间是一个大圆洞，刚好用来把猪夹在中间。这种机器的外形是这样的：一眼看上去是一只大水缸，但这只水缸不是泥烧的而是木头的，它的下面伸出三只木桶，像是长了三条大粗腿，上方斜着一根细长的木棍，木棍上连着轴，轴的顶端安了一把尖刀，整个形状奇丑无比。我不知道它到底像什么，也许像第某代机器人。机器人是全世界最丑陋的东西。

这台丑陋的杀猪机耸立在我的脑袋里，跟我脑袋里的五个瘤子挤来挤去，它力大无比，在我的脑袋里生了根，成为第六个瘤子。

它将用枫树的木头做成，我们的油榨、糖榨都是用枫树做的。枫树在四季山上长了满满一山，它一辈子的大事就是要做成一架前所未有的杀猪机。待到满山红叶时，一台杀猪机在王榨横空出世，枫树和猪早就等着这一天了。

干净利落的场面没有出现，屎和尿淌了一地。一边的大灶在烧水，一只特别大的锅，蒸气像乌云滚滚而来，猪的血快要流尽了，如果这时候它睁开临终的眼，看一看这个世界的最后一面，它就会看到红光正在散尽，乌云遮蔽了落日，但这乌云跟以前的乌云有一点不同，它热烘烘的，而且有一股腥臊味。

腥臊之中又夹着稻草的气味，稻草铺在地上，猪感到它的四肢重新又被抬了起来，它以为它就要升天了，它正要出尽最后一口长气，却不料，“噼”的一下，四肢一松，它感到自己的背重重地落到了地上，这时它已经到了弥留之际，在它最后的意识里以为自己业已转世，成为了一个赤身裸体的女人，四肢张开，躺在村支书的大床上，支书的烟草味正在向它靠近。

但事实的真相却不是这样，烟草味实际上是稻草味，没有村支书，人用稻草垫着已经断气的猪，就要给猪刮毛了！

一门大灶在燃烧，

一片蒸气遮住了天，

一只水壶高高举，

一头肥猪要刮毛。

刺啦一下，猪感到自己的屁股上落下了一只软塌塌的火球，像油一样沾在了自己的皮肤上，一种又锋利又冰凉坚硬如水的东西掠过它的屁股，好像一阵凉风，又像一片热水。猪好生奇怪，它想，难道支书的武器改变了？难道他的位置也发生了变化？难道自己跟不上现在的时代了？猪决定改变自己的习惯，努力跟上这种刀刮一样的节奏。

一共烧了两大锅水，烫了十几二十壶，烫一处刮一处，花了半个多小时，一头猪全身的毛就刮光了。

猪光溜溜地躺在那里，二皮叔说，这可像了一个脱光了衣服的胖娘儿们。猪听见了这句话的后半截，一个脱光了衣服的胖娘儿们，它心中一喜，没想到这么快就转世成功，裹在一阵凉风和热水里，跃上葱茏三百旋，看寰球如此凉热（猪的前世背了很多语录和诗词，转世之后也没忘个干净），它的前世特别瘦，它的情敌比较丰满，没想到，这么快就如愿以偿，当上了胖娘儿们，肉感、性感、丰腴、风流等形容词像煮熟的土豆一样，香喷喷地落到了猪的喉咙里，猪又激动又忸怩，想到这一世将要乳房高耸，屁股突出，它就有说不出的高兴。想一想上一世的干瘦和扁平吧，上帝真是太公平了。它没想到现在已经到了一个骨感时代，必须瘦得能看见排骨才有人说你性感。

猪正想睁开眼睛看看自己作为一个新人的胸脯，突然哗啦一下，一大盆凉水泼在了猪的身上，猪全身上下滴着水，白花花地被挂在了晃钩上。说时迟，那时快，我二皮叔手拿一把三角形的利刃，在猪屁股处一闪，手到肉落，猪尾巴和大肠头就不见了。

二皮叔单手翻转猪身，扶住背部，从头到尾轻轻一划，猪背开出了一道浅线，雪白的皮上一道粉红，有一种时髦的装饰感，既像时装，又像纹身。我二皮叔又把猪身翻到正面，在两排奶子之间轻轻一划，吧嗒一下，整只猪全开了。

猪感到骤然的轻松和失重，灵魂出窍，有一种久违了的快感高潮。在高潮之中我二皮叔拿一把砍刀在猪骨猪肉猪内脏中游曳，就像一片树叶在水中游动，他的手忽高忽低，忽里忽外，刀光在猪的身体里闪动，像一尾骚性十足的鲮鱼。二皮叔不见了，只剩下一只手，手也不见了，只剩下一把刀在自动跳跃，猪也不见了，猪成了一堆皮肉和一堆内脏，心是鲜红的，肝是暗红的，猪腰子、猪肚、猪大肠，一一翻出来。肠子要用温水洗，猪油要从肚皮上掀开。割断猪头，叫猪首，割断舌头，叫赚头①。

猪首破开两半，就变成了猪头肉。王榨爱吃猪头肉的是两个老头：日本人和酒葫芦，于是，这只猪头的两半边就分别拎在了这两个老头的手上。一头猪，一头空怀壮志的猪，一头发誓要用来生的姿色迷倒公社书记（现在叫乡长）的猪，就这样变成了一堆猪肉和骨头。

瘤子奔跑

从我生日那天起就再也没见过三躲。她妈说，这个狗婆子逼，定是被人拐走了，拐走卖逼去了，别个拐她还不如我卖她，

---

① 舌头，谐音蚀，蚀头不吉利，故称赚头，南方粤语地区则把猪舌叫猪利。

连根毛都没见着，这个烂逼真是赔钱货，赔大钱的货。

我到马连店去过几次，我想她被卖到马连店去就好了，我可以经常看到她，卖到县城也可以，王榨有不少人去北京打工，说北京还没有我们滴水县城好玩，而且什么地方都要几十块钱的票才让进。上滴水县坐两块钱的车就到了，千万不要卖到大西北，那里到处都是沙子，连口水都没有喝的，卖到河南也好，河南近一点，还能逃回来。但三躲说过，她要是被人卖了就不逃回来了，坚决不逃。

我去找三躲，一个人到处乱逛。地里没有什么人，壮劳力都出去打工了，每家都是老人妇女小孩，哪里都是空空落落的。我先在路边安南爷的地里拔了两兜花生吃，又到火车家的苕地里用木棍刨了两个生苕，然后我在田岸上边走边找刺芽吃。“刺芽咧红彤彤，细伢吃了耳朵聋”，这是我奶奶说的。我不信。

我边吃边走，越走越远，结果就走到了下湾子。

下湾子有许多枫树，秋天的时候又红又黄的，像一个新娘子，但下湾子比我们王榨穷，光棍多，新娘子也没我们村多。他们村的人没手艺，木匠也没有，铁匠也没有，只有几个石头客，出去打工的人都赚不了钱，做点生意都赔了。

太阳很大，整个下湾子懒洋洋的。我挨家挨户看他们的柴屋和粪坑，结果在一间柴屋里看到了那个女孩。

她衣服上都是灰，头发上有好几根松毛。我把锁头往门上碰了几下，听到响声她扭过头来。我说“哎哎”，她看着我，不说话。我问，你是哪来的？她不理我。我到柴屋后面的一棵矮枫树上折了一根细长的树枝，从门缝里伸进去撩她。我捅捅她的裤腿，又敲敲她的肩膀。当我正撩着她的短发的时候，她冷不防一把把树枝夺过去了。

我又去折了一根更长更细的树枝，我觉得这有点像钓鱼竿。我用树枝够她的头，老够不着。她瞪着我说，你大老远在门外捅什么，你进来。她说话的样子有点像三躲，眼睛也是细细长长的，单眼皮。我说你有点像我们村的三躲。

我想她肯定是被人拐卖的。

我停在柴屋门口，脑子里的瘤子却在呼呼跑。

瘤子里的大头在呼呼地跑，像一阵风，瘤子里的我到木匠蚕豆家偷出一把大锯子，一个跟头翻上一棵枫树，我像一只蚂蚱，从一棵跳到另一棵树。在树冠之上，树叶之中，有一把亮闪闪的锯子在跳动，谁也不知道是一只蚂蚱在举着这把锯子。我奶奶在纳鞋底，她眯着眼睛说，这锯子怎么会自己在树上跳呢？奇了怪了。安南爷在地里耨草，他抬头看见一把锯子在天上自己走路，说，莫不是不明飞行物来了？线儿躺在一个地沟里，她仰着身，张着腿，喘着气，她对她身上的人说：快看快看，不看就看不到了。那人说什么也没有你好看。

我把锯子塞进门缝，锯子又自己跳到铁丝上，它锯呀锯，一点声音都没有，像一把无声手枪，子弹击中目标，自己一点没暴露。同时它又是一把隐身的锯子，不但看不见，而且摸不着，世界上只有我能看见它，只有我能摸着它，我一碰到它，我也变成了隐身人，下湾子的人谁也看不见我。我说：断！铁线就断了。锯子又飞到门上，把大铁锁锯断，那女孩走出柴屋，坐上我的神锯，逃回她爸妈的身边。

锯子不管用，我又去拿斧头。我决定像穿山甲那样挖一个洞，从王榨的地下穿到下湾子，然后我举着斧头一摇一摆，人不知鬼不觉，就到了柴屋地底下。咚咚咚，从地下传出来的声音使她大为振奋，她趴在地上，耳朵贴着地皮，像一只机警的女豹子，我敲一下，她的耳朵就动一下。我决定敲十三下，等她的耳朵动够十三下，我腾的一下，从她柴屋的地下冒出来，就像从水里冒出来一样轻而易举。她一惊，又一喜，她正想说话，我就把她的嘴捂着，绝不能暴露目标。我抱着她，“呼”的一下钻进了我的地洞，顺手抓一大把柴禾把洞口挡住。然后，我就把她救到了我家。

但她说她不是买来的，是她爸妈亲生的，她抱弟弟没抱好，摔断了腿，她爸要关她三天不许吃饭。我脑子里的瘤子想当英雄，上天入地，事实上，就跟放一个屁一样。

身体里的锁

狗逼里长着一把锁，这是百六九告诉我的。有一年油菜花开的时候，他腰上挂着一个酒葫芦，从村头走到村尾，正好有一只黑狗和一只黄狗在打连，百六九拾起一根棍子，往两只狗屁股打连的地方捅，旁边的人直骂他绝八代，伤天害理。

百六九扔了棍子，问我，你知道狗婆子逼里头有什么？我说：有肠子。百六九诡异地笑笑说，苕伢，里面有一把锁。有好几年时间，我每每看到狗打连，就好像看到了它们屁股里的锁。我跟在后面，和别的小孩一起，想要看到一把锁从狗的屁股眼里掉出来。

百六九还问过我这样的问题：你知道麻雀是怎样踩背的吗？你见过蚂蚁打连吗？据他说，他见过蚊子、苍蝇、毛毛虫、蜻蜓、蟑螂、蚂蚱等虫子的屁股粘在一起，他说等你长大就知道了，公的和母的粘在一起，跟神仙一样快活。

鸡踩背、狗打连、牛搭脚①，这些事情的确十分奇怪。

有时我在蚂蚁窝旁边蹲上半天，用棍子一一捣开它们的窝，里面弯弯曲曲，交叉迷乱，我本来想要观看蚂蚁像狗一样打连，但我总是见不着。

把蚂蚁打连的事情忘记之后我就专门看它们运粮食。它们的队伍实在是壮观，从村肚越过石头，绕过水坑，穿过别人的院子和厅堂，从墙缝里钻出来，爬过一段朽掉的木根，来到苦楝树底它们的窝里。蚂蚁的队伍几乎没有缺口，一只踩着另外

① 踩背、打连、搭脚，均指交配。

一只的脚印。每只蚂蚁的表情都特别严肃，它们不笑，也不说话，如果它们需要说点什么就互相碰一碰身体。

我在它们的队伍里吐口水，或者撒尿，蚂蚁一看，洪水来了，队形有点混乱，但它们很快又在新的路线中排好了队，就像风一吹，树枝变歪了，风一停，又回到了原来的位置。

全村最大的蚂蚁窝正好就在我家后院的树底下，露出地面的树根总有几处有一点点空隙，那就是蚁窝的入口。我几乎隔一两天就要到这里来待上小半天，奶奶怕我蹲久了头晕，专门让二皮叔给我做了一张很小的凳子，跟冰激凌盒一样大，略长些。二皮叔给这凳子刷上了清漆，开始的时候有一股呛鼻的气味，有点像香蕉，但闻久了让人头昏，我想蚂蚁一定不喜欢这气味。

我半眯着眼，越缩越小，差不多就跟蚂蚁一样大了。在我们家院子的地底下，工蚁在洞里忙碌着，蚁后停止了产卵，它屁股后面粘着一粒蚁卵发出命令，一队蚂蚁屁颠屁颠地爬出洞口，它们手搭凉篷，四处张望，其实它们不用张望就看到了大头。看到大头它们松了一口气，纷纷说，原来是大头，怪不得除了新木头的气味还有一点娃哈哈的甜香气。于是我就把半瓶娃哈哈倒在蚁窝的洞口上，让工蚁们喝个痛快。

娃哈哈的奶香味浓郁扑鼻，就像天上掉下了一只大蜜罐，瓦罐砸在了石头上，陶片四溅。蜜糖落到泥地里，惊人的喜讯在空气中传颂。蜜蜂蝴蝶纷纷赶来，它们盘旋在我的头顶，就像凭空多了一顶大帽子，但娃哈哈在我的两腿之间，无论蜜蜂还是蝴蝶，都不知道怎样对付我这个挡道的大玩意儿。它们在我头顶停留了许久，盘旋来盘旋去，终于耗尽了力气，它们眼一花，就一头栽倒在地上，好像顿时落起了雨，吧嗒吧嗒一片。

工蚁们又排着队去告诉蚁后，蚁后听了很高兴，说，好吧，这大头看来是我们的朋友，他在洞口坐了也不止一天两天了，放他进来吧。一只工蚁给我引路，我脱了鞋，小心地跟在它的后面。洞里又黑又深，我用手指在洞顶上乱捅，没一会儿就捅出了一个透亮的小孔，洞里立即像点了一盏灯，工蚁说，没事你别乱捅，要出危险的。它边走边教训我，蚂蚁都不用眼睛，只用鼻子，你的嗅觉不好使，多用用就灵了。

我闻着地气和蚂蚁的微酸味往前走，时而猫着腰，时而匍匐前进。过了好一会儿，我忽然闻到一股阵年稻草的气味，仔细一看，一个大洞里堆着许多树叶，叶子潮湿腐败，上面有一些灰白色的小菌，蚁后隔着好几个地洞在那边对我说：这是我们的农业生产。在另一个洞里，我看到无数透明的蚜虫，一些工蚁忙着把蚜虫分泌的蜜露收集起来，这时蚁后又隔着好几个地洞说：这是我们的畜牧业。最后我到达了一个堆得满满的洞前，里面五花八门，有蟑螂和苍蝇的尸体、蝉壳、蜘蛛腿、干玉米、稻谷、蔗渣、糖纸、饭粒、骨头渣，等等，不用蚁后说，我就明白这是它们打猎和运输的劳动成果。此处算是仓库吧。

我开始爬台阶，小工蚁不见了，头顶有微微的亮光，我意识到，那可能正是蚂蚁迷宫巧妙的后门。土味也已经消失，树的气味越来越浓，忽然，阳光哗的一下，在我的头顶炸开，我一阵晕眩，眼睛里好像被人猛地泼了一碗很烫的辣椒水，辣痛辣痛的，眼泪直冒。

等我定过神来，发现自己正站在一棵大槐树的一根枯枝上，我又愣了一会儿，才想起这是火车家后院的外面，这群蚂蚁怕有几十万只，从我家挖到二皮叔家，又挖到火车家，委实壮观。

但我始终没有看见蚁后和公蚁屁股对屁股。

有一天我在一棵垂下来的丝茅草背上看见了一对蜻蜓，它们的屁股粘在一起，我一走近，它们就飞了，它们飞着还粘在一起，八片翅膀在空中颤动，透明，闪闪发光，公蜻蜓长长的腹部弯成一张弓。

当时我和二皮叔在水塘后面的田岸上找丝茅草，这种草高的有三尺，用来做蓑衣。这年头已经没有人用蓑衣了，都用塑料，但二皮婶说塑料太轻，插秧的时候不好披，风一吹就掀到背上。事实上这话是二皮叔自己说的，二皮叔是王榨最杰出的能工巧匠，他常常莫明其妙地技痒难耐，二皮婶说他一觉睡醒手就发红，自从打架机做成了不伦不类的甘蔗车，这毛病消停了许久，但终于还是又犯了。二皮婶说，这就叫劳碌命。

这个不喜欢塑料的人决定编一件蓑衣，但他在先给猪还是先给二皮婶编蓑衣上犯了犹豫。

既然二皮婶喜欢塑料布，再让她披上蓑衣就有点强加于人，但一上来就给母猪编蓑衣又太过分。于是他试探着说，你不稀罕，那我给别人编你别眼红。二皮婶说，你给老母猪编我都懒得理你！

我在隔壁听见，立即跳过墙头，表示愿意跟二皮叔去采丝茅草，但要让他给水牛妞儿也编一件蓑衣。

从此，二皮叔闭上眼睛就会看到一只披着崭新蓑衣的母猪，它走起路来像一个身穿貂皮大衣的胖娘儿们。我二皮叔常常半眯着眼睛，在幻想中，享受一个男人给自己心爱的女人赠送貂皮大衣的快感。我则在半眯眼睛的时候看到我的妞儿，它披着厚实的蓑衣，在田埂上，牛毛细雨之中，雍容地吃草。我想不出三躲穿上貂皮大衣是什么样子。

其实我知道黄牛怕雨，水牛根本不怕雨，要怕水还叫什么水牛，但我就是要让二皮叔给妞儿编一件蓑衣。

蜻蜓在飞，翅膀在太阳下闪闪发光，飞翔着的时候尾部连在一起。一只蜻蜓把身体弯成一道弓，在高难的动作中，从丝茅草垂下的地方飞到了水塘那边。

小时候我也看到它们这样，黄昏或者正午，草丛田岸和水塘边，但我漫不经心，它们的狂舞、激动和颤抖，我一点都不在意，它们在飞，麻雀也在飞，鱼在水里游，狗在地上跑，我想这跟人走路一样，是件平常的事。

直到现在，我忽然明白，这一切，牛搭脚、狗打连、蜻蜓的尾部粘在一起，是一件非同寻常的事情！既快活，又要命，跟死连在一起。

据我所见，人在干这类事情的时候总像很痛，龇牙咧嘴，像被人打了一棍，叫声也惨，气喘如牛，不像一件好事情。这类声音我能分辨出来，在王榨，每天都有上百种声音搅在一起，说话、放屁、喝水、屙尿、打牌、行路、洗衣，各种虫子叫，蚊子苍蝇蚂蚁，天上飞，水里游，地上走，麻雀鸭子狗，打铁炸山贩药，叮叮当当轰轰隆隆吱吱喳喳，简直就像一只大烧饼，盘旋在王榨的上空，我脑袋里的肿瘤也不是好日的，它把这些声音都吸进去，一不高兴就放出来。

木床和棉花

在这片乱麻一样的声音中，我首先听到床响，接着是喘气，还有一种什么声音，被闷在了被窝里。

我分辨出那是一种肉碰肉的声音。硬肉和软肉，瘦肉和肥肉，各种肉一对一地对撞，肉疼肉痒，潮起潮落，肉变得不是肉，变成了水，水也不是水，变成了火，火变成了电，电变成了光，光变成了气。肉经过了一番水火，瘫倒了，烧焦了，电麻了。人人在每家的床上又好像不在，忽然重了又忽然轻了，重得沉在了地底下，轻得飞上了屋顶。

床板夜夜不息，响得吱吱咯咯的，好像是一片欢呼和鼓掌。

二皮叔说在别的村不是这样的，木匠做床，睡上去不响才算高明。哪个木匠做结婚的床不小心，让听房的人听见了，以后就不会有人再找他干活。但王榨永远也不会变得如此无趣，从二皮叔的爷爷的爷爷那辈起，王榨的床就获得了解放。

据二皮叔说，四季山的枫树，一看见王榨的人来砍树，就纷纷自己倒地，它们乐意让自己变成王榨的新娘床。那些树在山上待了几十年，除了鸟和草和灌木，能看见的东西也不多，最多也就是猫头鹰、豺狗和豹子。作为一棵树，这是远远不够的，也没有电影看，也没有庙戏听，也没有架打，也没有西瓜偷，也不能去马连店玩，也没女人睡，它们早就待腻了，它们一看见二皮叔，齐刷刷眼睛发亮，脚跟一使劲，扑通扑通扑倒在地。然后它们就被剥了皮，锯成板，刨光，凿洞，楔榫，又刷上漆，描上鸳鸯戏水，荷花莲藕，一棵树能这么漂亮吗？不能！一棵树能这么风光吗？不能！

一棵树被二皮叔变成了一位新娘子，油光水滑，又羞羞答答，它满心欢喜地待在新房里，铺上了新席子，铺上了新褥子。棉被是新郎从新娘家事先运回来的。有人嫁女，头年就要种棉花，棉花开花了，有黄的，有粉红色的，大朵大朵，喇叭形状，口朝天，热烈喜庆，一片棉田都是喜洋洋的。花落了结棉桃，棉桃咧嘴也笑嘻嘻的，嘴越张越大，告诉所有的人：要出嫁了，要出嫁了。然后它们就变成了棉被，有五斤重的，有三斤重的，一共八床，够新娘一辈子盖的了。

木床不知道棉花的事，但它知道新娘的事。它听到一阵炮仗声，呛鼻的硫磺味扑进新房里，木床闻到了，但它不知道这叫硫磺味，它以为新娘身上长着这股味道呢，如此难闻，于是心里一阵后悔。

木床正想哭，喜娘却进来了。喜娘也叫牵家婆，一共两个，有儿有女、平头正脸的妇女，一个牵着新郎的手，一个牵着新娘的手，双双进了洞房。新人要喝辣茶，一人一碗，这件事情实在是奇怪。他们坐到了床上，床上有许多豆子，生的熟的混在一起，闹、叫、唱、笑，烟、茶、花生、红枣、瓜子、蚕豆、茗果、米糖、茶叶蛋，许多的人，许多的东西，像揉面一样搅在了一起，两个新人当馅，别的乱七八糟当面。揉来揉去，人走了，门关了，新人上床睡觉了。

新人上床睡觉了。

新房的喜灯蒙着红纸，整个房间的光线跟灶间差不多，温暖、柔软、神秘，有什么事情就要发生了。

木床在温红的光中看到新娘的身体，像一截长莲藕，半截南瓜，两只白梨，人的身体原来跟瓜果也差不多。胡萝卜、大白菜、佛手、半开的石榴、微红的樱桃、一下又一下的苹果、流汁的蜜瓜，喘息在它们的内部一阵又一阵地升起，半透明的液汁像风一样鼓荡，它们你追我赶，你挤我压，它们跑着跑着就收不住脚，呼啦一下流到了体外。

混杂着各种瓜果气味的液体既新鲜又香甜，还略有一点豆腥味。樱桃变得更红，坚硬、挺立、微颤，新郎的鼻子靠近它，嘴唇微开，散发着热气。石榴已经完全裂开，变成一朵暗紫色的花，带着暗紫色皱褶的花瓣，吸取所有的光线，同时散发腥甜的香气。

所有的花都开了。

肉体湿润温热，四肢张开，搂抱翻滚冲撞俯仰起伏。木床发出了声音，床单被子枕头全都喘息着使劲，男声和女声从花的深处，从暗紫色的皱褶，从骨头、汁液、血、毛发一阵阵升起，在床的上方紧紧缠绕。

如果不是新婚蜜月，木床上的声音就远没有那么好听。在人的一生中，好的东西总是很少，多了就不好了，就像扯坨粑，每天都吃还有什么吃头。

我坐在村尾的那棵大柳树上，听到各家各户的床和肉体的声音，虽然像拍巴掌一样单调，但，每个声音都是笑盈盈的。

想到妞儿穿上二皮叔编的蓑衣的样子，我就觉得它有点像四丫姨，雍容华贵，仪表不凡。哪头牛会有人这么宠呢，有谁会像我这么宠牛呢。人一有人宠，马上就会变得娇气滴滴的，像四丫姨，王大钱一宠她，她说话的声音就变得嗲嗲的，王大钱跟五丫好，她一眨眼就变成一只母老虎。

我宠着妞儿，妞儿的眼睛就水灵灵的。

二皮叔好像知道我的心思，他说，牲畜就跟人一样，人也跟牲畜一样，人和牲畜都是互相转世的，上一世是人，这一世说不定就成了牲畜，这一世是牲畜，下一世不定还成了人。一头猪，你们看是猪，我看它就是一个娘儿们，哪哪都是，它不说话，心里可明白着呢，你看它的眼睛，可明白呢，它心里说，这个二皮，知疼知热，下辈子我变个女人做他老婆。

村子里的海洋（一）

那三个公家人坐在河岸上，天已经快黑了，他们还不走。公家不让私人杀猪，他们来抓违章的人，抓到就罚款。

二皮叔在别人的院子里杀猪，他刚刚把猪毛刮干净，远远就看见了那三个人坐在那边。二皮叔醒过神来就开口骂道，这些发瘟的鸡巴，狗鸡巴日的烂屌野屌，抽筋的，绝八代的！

他一边骂一边给猪开膛。这时他的手就不像一片在水里游动的树叶，而是像一只大铁锤，左擂右击的，晃钩上的猪临时成为了一只沙袋，沙袋稀里哗啦地散了架，然后又在二皮叔的骂声中成为了发瘟猪，你们这些瘟猪，杀了都没人吃，想罚我的钱分来自己花，花你们的猪鸟吧。他三下两下掏出了猪的肺、猪的肝，把大肠小肠都翻了出来。

我二皮叔的胆气就是从猪那里来的。

他在没猪可杀的日子里是一个顺民，除了有一点低级趣味，连老婆都不打。此外他还是一个能工巧匠，会编篾晒腔，会做木工，会箍木桶，会打毛衣，会做鞋，在王榨，完全是一个三好男人。我奶奶说，二皮见了猪血就像一个男人，没见猪血像一个女人。

猪给我二皮叔以力量。

我看见有一根隐形的细道子，把猪血里的力气源源不断地输送给二皮叔。我认为，猪身上的力气，和人身上的力气一样，都是一些气泡。牛的气泡最坚硬，猪的软一点，人的气泡在牛和猪之间，气泡越多力气越大。

猪身上的气泡喜欢我二皮叔。它们一闻到我二皮叔的气味就出发，咕噜咕噜往外冒，然后飘过屎尿，飘过锄头和铁铲，飘过水缸和咸菜罐，从我二皮叔的胳肢窝进入，气泡来到二皮叔的脸上，他的脸就从青黄变成红润，来到他的裤裆，裤裆就会鼓起来，来到他的胆，胆就会变大。

气泡飞舞，热血沸腾，那三个公家人，就要倒霉了！

我二皮叔转眼就来到了他们的跟前，他认得这三人就是乡食品站的人。他问胖子，你们在这里干什么？胖子说，我们……瘦子说，我们在这里乘凉。

二皮叔转身就走，他边走边喊大眼。大眼是他的侄子，最喜欢打架，路上又遇到了细胖，细胖比大眼还爱打架。三个人一路走一路嚷嚷，说要抓那三个人来打一顿。那天刚好是七月十五中元节，外出打工的人都回来了，全村的人差不多都在，他们还没走到村中间，全村的人都知道有架打了，一时间，一种节日般的喜庆浸透了王榨。

要打架了！一个喜讯从村头传到村尾。

传到树上，树上的喜鹊说：要打架了！喳喳喳。传到地上，地上的石头说：要打架了！咿咿咿。传到蚂蚁窝，蚂蚁说：要打架了！吱吱吱。

兰细娘说：要打架了！

安南爷说：要打架了！

线儿说：要打架了！

我奶奶说：要打架了！

火车说：要打架了！

大头说：要打架了！

每个人的脸上都霎时有了一种暖洋洋的光彩。每一个人，都兴冲冲，每一道眉毛都飞舞，每一只嘴巴都咧着。眉毛和嘴巴布满了王榨的天空，王榨的狂欢节又一次降临了！

所有的脚都在奔跑，嘴巴对脚说：打架去！脚对手说：打架去！手对扁担、对棍子、对擀面杖说：打架去！男人女人老人孩子全都在跑，一时河堤上全是人。

那三个人看见这种势头，也连忙奔跑起来。一跑跑到了下湾子村，他们在下湾子藏了起来。下湾子说，你们王榨怎么连女人都这么爱打架！王榨的男女老少到处找，竹园厕所柴屋，屋前屋后连鸡巴毛都不见一根。

大家气得要死，大家说，如果抓到他们，就说他们偷稻谷，把他们打趴下。大家说，都夜里八九点了他们还坐在河堤，不是想偷稻谷是想干什么。大家说，这个理由就可以打了，打他狗婆子养的！

怀着疲惫和遗憾，大家睡着了。大家睡了一夜，在早上听到了一阵奇怪的呜呜声，像电视里的救火车。大家说，难道着火了？难道我们马连店也一日千里有了救火车？

大家纷纷起床，却看到了警车。

警车停在河堤上，一个铁家伙，还呜呜叫了几下子。像母猪叫，像牛叫，像公山羊叫，又都不像，真是一个牛日猪下的东西。大铁玩意儿，趴在我们的河堤上，就让它死在那儿吧，这狗婆子逼养的。

警车来要抓人，大眼躲到了柴堆里，细胖躲到了粪坑里。

二皮叔没有躲，就被抓到了警车里。

此外警车还要顺便抓赌。十多个人正在二皮叔家打麻将，马连店派出所的所长指导员，好几个，挺着胸，进了门。他们把住了四张桌子，喊道：打麻将的留下，围观的出去！边喊边推边赶，像赶猪一样，嘴里发出嘘嘘的声音，赶完了猪赶狗，赶完了狗赶鸡。鸡鸭猪狗赶完了，吧嗒一声拴了门。

顿时，二皮叔的屋子成了孤岛，王榨的群众组成了大海。呼啦啦，大海涌来又涌去，堵住了孤岛的门口，大海说：不要脸，来搜别人的钱，这些龟儿子，发瘟的，狗婆子日的！缺钱花了让你娘卖逼去，把你老婆卖了，把你女儿卖了！

村子里的海洋（二）

海水一浪高过一浪，浪峰之上，举起了二皮婶。

二皮婶是个胆小的女人，她又瘦又小，脸上皱巴巴的，还没有一头母猪好看。但是，海水把她举到了浪尖上，海水的声浪，从她的鼻子眼睛直灌进去，大海说：踹门！踹门！踹门！

大海说：拿脚踹啊！把脚举起来！

浪头拥着二皮婶的身子，浪尾抬着她的屁股，浪又七手八脚地伸出许多手来，浪说，这是你家的门，你就使最大的劲踹吧。一二三,二皮婶狠命一脚，门“轰”的一下踹开了。

如同天上打了一个大雷，击中了我二皮婶，她立时变了一个人。一根草变成了一棵树，一朵棉花变成了一个玉米棒子，一只鸡变成了一头狼。一个女人成为了一位泼皮大师。

门一踹开，大海涌了进去。派出所的人正在搜打牌的人身上的钱，东一堆西一堆地正放在桌子上，二皮婶跳上去，一勾手，就把钱卷光了。一片嘴巴喝彩，一片脚丫掩护，脚丫让开了一道缝，二皮婶像水一样消失在大海里。公家人的气噌噌往脑门上顶，却又听到了叫骂声，骂了他们本人，又骂他们的娘儿子老婆。

公家人忍无可忍，决定给王榨一点厉害看看。他们把武器从宝葫芦里放了出来，袖口一抖，传票像一把剑，闪闪发光，他们举着传票说，签字吧，每人罚款二百元。

二皮婶，捣蛋的女大师，从天而降，或者，从隐身的大海里呼地跳出来，一把夺过传票，三下两下，噌噌地就撕了。众声又喝彩：打得好啊打得好，打得鬼子无处逃。这是一首过去年代的歌，群众歌曲比赛的时候全村人都会唱，但谁是鬼子？难道是公家人吗？

众声在合唱，河水哗哗流，河里正好有满满一河水，河是干渠，夏天放水最满。河水看到河堤上站满了人，男女老少，花花绿绿，边看边骂，有人把担柴的冲担往地上一扎，说，推他狗娘养的。河水问：你们要干什么？众人说：把狗娘养的警车推进河！

二皮婶坐进了车里，不让公家人走。公家人说，下来，她说，我死也不下来。

人自为战，各打各的，一派混乱。混乱之中组织终于来了，组织就是禾三叔，禾三叔侧身从警车里一把拽下二皮婶，他对公家人说，你们快走吧！公家人坐上车，连屁都顾不上放就走了。

树　下

我脑子里的瘤子听见二皮叔在屋子里录口供，一问一答。人是你打的吗？不是。谁打的？不知道。那天跟你在一起的是谁？我侄儿。你们干什么？过路。你侄儿现在在哪里？不知道。

桌子很生气，纸也很生气，笔更生气。笔一生气笔嘴就堵住了。

桌子后面的大白脸公家人，就让二皮叔到外面蹲着。

二皮叔蹲在一棵板栗树的树荫下，追忆似水红苕。他不知道二皮婶什么时候才能送饭来，他的肚子里好像有几头猪，把他的肠子都当粮食啃光了，肚子里烧得热闹。

红苕金黄，冒着热气，煮熟的红苕最顶饥，煮熟晒干变成苕果，剪成丝、切成薄片、剁碎、捣成粑、用油炸、用沙炒，五六种苕果来到派出所院子的树荫下，二皮叔蹲在地上，半眯着眼睛，吃着并不存在的红苕果。嘴里一阵热一阵凉，一阵香一阵脆，一阵甜又一阵麻，红苕的甜味和口水的苦味搅在一起，咽下去的唾沫没多大会儿就涨到了颈口，他又一口一口地吐出来。

二皮叔刚刚开始想念小母猪，警车气呼呼地开了进来，警车一眼看到二皮叔逍遥自在地蹲在树荫底下，气不打一处来，警车想，你老婆抢走了麻将钱，又撕了传票，还赖在车上不下来，你还这么自在。

警车厉声说道：把他关禁闭！

我二皮婶像一根棍子似的进来了。进了院子东嗅西闻，东捅西踹，然后就站到了板栗树底下。她发现了二皮叔的口水，口水已经蒸发，成了一层白色的薄膜，二皮叔因为无聊，把十几口口水吐成了一把杀猪刀的形状。

二皮婶就在院子里叫骂起来。你们把人关在哪里啊！你们把他打死了我也得收尸啊！你们打死人了我在这里吊死算了！

一口气骂了三个小时。她说，我今天不活了！我死都要死在这里！你今天不放人我就是不走！她对着关禁闭的小屋喊道：二皮你真是个狗婆子养的软蛋！人家关你你就在里面待着，里面有狗婆子逼啊，你这么喜欢，你这个发瘟的，你不把衣服脱了在里面吊死，有什么活头！里面没声音，她又喊，你快死吧，别回家了，你吊死比别人用枪打死还好些，大灵乡的人被这些狗日的用枪打死你忘了，打死了怕人知道就说是吊死的，全马连店的人全滴水县的人都知道。

一听这话，六个公家人全被惊吓出来了。

千万要把这句话捂着！这句话现在就在这个女人的嘴里，像一枚炸弹，一旦爆炸，就会引爆别的更大更多的炸弹，他们好像听见了马连店的上空隆隆的爆炸声，声音一炸，全国的媒体都会来，焦点访谈，社会调查，县地省，武汉北京广州，这个院子就要被踏平了。

女人死死抓住走廊的窗子，两个人使劲抠她的手，两个人推她的肩膀，一推就推了好远，女人说：你再推！再推我就一头撞死。

四个人同时松了手，再次吓住了。真是一枚炸弹尚未排除，另一枚炸弹又要引爆。

派出所的人在屋子里说，工作太难做了，群众太落后了，现实太复杂了，我们太无能了。我觉得这像一段枯燥的顺口溜。

二皮婶跟到了没有窗子的小屋前，房门已被打开，二皮叔正在探头探脑，二皮婶上来就揪他的衣服说：看你娘的瘟！回家吧，家里的猪还没喂呢。

指导员说：你们王榨的歪风太盛了，非得整一下不可。

我二皮婶说：我们王榨的人不是那么好日的吧，你们想怎么日就怎么日，看来不行。

暗中的光（一）

暗中的光就是妞儿。妞儿是一头牛，是我的心，和我的肝。

没有人知道这件事，它永远在我脑子的花里。

三躲家的灯只有十五瓦，透过窗玻璃传出一点点很暗的微光，这使妞儿身上有一块皮的颜色显得比别的地方浅一些，深灰。它拴在苦楝树上，如果天不是很冷，比拴在牛栏屋里强。它的角比夏天的时候好像粗了，它要是现在再顶着兰细娘，她的屁股就不会只缝三针，而是要缝三十针。

童谣的声音从微光中升起来，我竖起耳朵，听见了这首古怪的歌谣。

兰细娘，啧啧，
屁股上，啧啧，
大窟窿，啧啧，
开天窗，啧啧。

这是夏天流传在王榨的童谣，不知是谁唱出来的。

妞儿用它的角把兰细娘的屁股挑了一个大洞，连夜送到滴水县医院缝针，把全村的婆娘笑了几天几夜。直到现在，一提起就会有人笑岔气，她们又捶腰又捂肚，一屁股就瘫倒在地，她们笑着喘气说，哎哟喂——传说中的场面是这样的：妞儿吃饱了草，三躲把它牵回家，兰细娘到牛栏屋拴牛，她头对着木栓，屁股正对着妞儿的头，妞儿头一顶，角一挑，唰的一下，就把兰细娘尿尿的地方划了一道大口子！一时翻天覆地，兰细娘比杀猪叫得还难听，她一边叫一边骂，好你个牛婆子逼，你个天杀的，绝八代！哎哟喂，她吸着气，好像有一条蛇从她的屁股眼钻进了肚子里。村里的婆娘们像另一些蛇，闻声就从各家各户钻出来，她们笑得手脚瘫软，半个时辰才把她从地上弄到门板上。

婆娘们喜欢成群成队去探望兰细娘，问："兰细娘，被母牛日是什么滋味？好过死不啰？硬不硬？狠不狠？"兰细娘骂道："日你娘的逼！"

我不知道妞儿为什么要顶兰细娘的屁股。从春天到夏天，三躲每天都把妞儿牵到马鞭草最多的地方吃草，妞儿吃得油光水滑，头上的角噌噌长，屁股缝里有时候还流出鸡蛋清一样的黏液，眼睛水汪汪的。它喜欢舔三躲的手，它一蹭三躲，三躲就把手心翻过来让它舔，如果我是妞儿，我也喜欢舔三躲，我觉得现在我的嘴里就是三躲手心的味道，有点咸，有点软，有一点煮熟的嫩玉米的清甜香味，她的手很薄，小指比无名指短了一大截。我奶奶说，这种手形的女孩命都不好。

我用手背蹭蹭妞儿，妞儿喷了几下鼻子，我想妞儿前世肯定是一个好女孩。

我想看清楚它，但暗暗的一层夜总挡在跟前，我用手拨也拨不开，又黑又灰，把妞儿溶在里头。

新鲜的稻草靠墙堆了高高的一垛，够妞吃上整整一个冬天。到大冷的时候，轮到谁家放牛，谁家就会把它牵回牛屋的。它用角顶一样什么东西，发出咚咚的声音，我摸到一只躺着的木桶，桶壁是干的。

我忽然明白，妞儿渴了，它要喝水！同时我感到自己的喉咙也有一小簇火苗在烧起来，妞儿的喉咙里也长火了？两处的火加在一起，我觉得喉咙更烧得热了，连牙齿都有一点烫。

我端起木桶，到我家灶间接了半桶水，自己喝了几大口，然后我挪动小半桶水，一步一挪，桶边压着腿，水溅到我的裤子上，我又捧水喝掉几口。走下院门的台阶，穿过黑灰的空气，我对着苦楝树和稻草垛的影子走过去。

妞儿在稻草边探头张望，我看不清它，但我知道它探着头等我，它探头的样子是把头仰起，鼻子皱着。清水被它一舔一啜，就进到它的喉咙里了，小半桶水迅速渗到它全身，我看见它骨里和肉里的那些小小的火苗一齐被浇灭了，我感到自己嘴里有一点甜，又有一点滑。

桶底还剩一点水，有几颗星星出来了，黑灰的空气变得浅了些，树和稻草垛的轮廓变清楚了，一个高瘦，一个矮胖，像二皮叔和我奶奶。它的眼睛有一星水光，四周没有人。

我忽然紧张起来，我想摸它一下，手指有点僵硬，它一声不响，在黑暗中向我蹭过来，我的肩膀跟它的侧面挨在了一起，我隔着衣服感到了一种干燥的温暖。我一动不动，它也一动不动，但忽然我就打起颤来了，心一抖，手也同时抖起来。我不知道为什么会这样，又像害怕，又像冷，又好像都不是。我不知道我想要怎么样。我想躲到稻草垛里，但稻草垛新鲜的气味就像是从妞儿的身上发出来的，这股气味把我的脚往妞儿身上推，我刚往苦楝树的影子里站稳，手却碰到了拴牛的绳子。

绳子打着松松的结，一拉就开了。

妞儿知道我的心思，它轻轻喷了一下鼻子，黑暗中眼睛闪了一下，我凑到跟前看它的眼睛，除了两粒光以外看不见别的。我脑袋里的瘤子说，快到一个有亮的地方吧。

我牵起绳子又放下，我一跳跳到透光的窗户，对堂屋里收拾碗筷的兰细娘说，兰细娘，我把妞儿牵回我家了。兰细娘头也不抬，说你跟你奶奶说清楚，是你自己要牵的，别到时候说我偷懒耍滑。我说我奶奶都听我的，是我愿意跟妞儿多玩几天。

妞儿是我家和另外六家共的一头牛，每家放十天，三躲走了以后兰细娘正愁没人放牛。她冲着我的后背说，大头你家今年没种稻子，哪天下雨你就来扯点稻草喂妞儿吧。

我心里高兴，慌乱中绊倒了木桶，桶底的最后一点水流到我的脚面，立即渗进我的鞋肚里，脚底一阵透心的凉，我不由得又打了一个颤，绳子在我手里一抖，妞儿马上感觉到了，它停下来，我又牵着它走。

当我慌慌张张走出树和屋的阴影，发现月亮出来了，村子和田野一片银白，屋顶、水塘、树和路，又清晰又朦胧，像泡在一片凉凉的水中，有一点飘动的样子。

我一时站在月光里。

站了一会儿我才想起是要牵妞儿回家，但我不想回去，我摸摸妞儿的背，它很安静。绳子在我手心里又粗糙又柔软，我用中指顶了顶它。绳子说，去晒场吧。它细小的声音通过我的手心传到我的耳朵里，去晒场吧，它说。

晒场和村子隔着一大片田，稻子已经割过了，地还没翻，月光在空地上滚动，我牵着妞儿走在田埂上，又有些莫名慌乱。忽然感到尿急，我在地边滋了一大泡尿，尿完后心里松动了些。我对妞儿说：妞儿，尿！妞儿叉开后腿，随着唰唰的声音，尿水在地上腾起一小股白汽，我用手背烘了一下，有一点暖，而且有一点青草的香气。幸亏妞儿不是黄牛，黄牛脏，爱在屋子里尿。

除了一排原先生产队的仓库，晒场四周都是新堆的稻草垛，肥肥实实，往年我无聊的时候就到稻草垛挖洞，从底下把稻草揪掉，揪空的部分刚够藏起一个人，我曾经躲在稻草洞里，看三躲在黄昏时分挎着竹篮赶着牛从晒场边经过，还看到过线儿一个人到后沟那边去。

线儿，我一想到她的样子，她的奶坨子就在我眼前晃动，立刻，那年我在马连店畜牧站看到的一切，已经在月光里摇摇晃晃地浮动。禾三在兽医站门口一闪就不见了，线儿火溜到缝纫店的后门，在一片萝卜地里闪呀闪呀的，她的身体光溜溜滑腻腻散发出一种腥气。我在晒场边看到当时线儿火腥腥甜甜地躺到了兽医站后院的木板床上，后院的腥甜气，猪牛马羊的大粪味和青草的新鲜味好像都来到了晒场这里。在月光下这些气味变成了一些奶白的水，两个人在这片奶白的水中从前门和后门跳到了院子里，三下两下线儿半截裤子都没有了，月光下门扇悄无声息地自动打开，我的眼睛越过了门缝，兽医站的门没有挡住我，她躺着的木板床就在我的面前，她上半身的衣服没了，全身光着，她头发散着，月亮照着她的脸和奶坨子，她的大腿闪着白光，两腿之间黑乎乎的，我极力想要看清楚她那里面的东西，我发着颤，好像被噎住了。

妞儿突然蹭了我一下，线儿和床都没了。

我发现我正站在晒场边最高的一处土坎上，两边各有一个大大的稻草垛。白天我听见我奶奶跟二皮叔说妞儿发情了，它那下面肿得厉害，还流了不少黏糊糊的东西，要找一头公牛来给它搭脚，每家要凑十几二十块钱，兰细娘不愿意，她说搭也白搭。

我轻轻推妞儿，让它的屁股对准月亮。我歪下头半蹲着看它肿的那个地方，它的屁股和腿的颜色在明亮的月光下比白天深一些，但两腿之间好像有浓重的阴影，没有东西挡住这个地方，我不知道阴影是从哪里来的。

有一丝像蜘蛛丝那样的细丝从它的腿缝里垂下来，斜斜地闪着细微的光，我用手接着，想让它流在我的手心上，但我手刚伸过去这丝就没有了。我知道，我其实想弄一下那些黑暗潮湿的阴影。

我忍着心跳，把手伸到它的裆下，这时我发现它的后腿明显地叉开了，它的尾巴也竖起来偏到了一边。一股热气嗖的一下，从我的脚底直冲到我的脑门，我的手背往上一抬，就碰着了它，一种湿漉漉又热又滑的东西立即吸在我的手背上，我的头嗡的一声，好像被人打了一棍，我张大了嘴，好让在胸口狂跳不已的心脏跳出来。

过了好久，我的手已经木了，我不知道我接下来还要干些什么。

暗中的光（二）

妞儿的后面仍然肿着，暗紫色，皱褶被撑平了，有一种脆弱的光滑，一些半透明的液体从缝隙里流出来，闪着柔软的光。喂它喝完水，当我再看它的时候，发现它站的样子有点怪，它的后腿比平常叉得开，好像要尿尿，却又没有。它从来不在牛屋里尿。

它叉开着，两腿僵硬而紧张，好像害怕，又好像在等着，它的尾巴偏到了一边，暗紫色的后部完全露出来，在渐渐暗下来的黄昏中像两片奇怪的嘴唇。

我对着这片嘴唇站了许久。

天光已经完全落尽，牛屋里一片安静。新鲜稻草的气味和牛的鼻息混杂在一起，像一块厚厚的幕布，把我和世界隔开。奶奶的咳嗽声像是从很远的地方传来，她现在已经不太管我了，她说，大头啊，你是快上天的人了，你想怎么玩就怎么玩吧。

在黑暗中我靠近妞儿，我的身体挤着它，脸蹭着它的背，皮肤接触的温热使我一阵颤栗，我既疑惑又恐惧，全身的血都涌上来，在身体里发出啪啪的声音，打得我全身生痛生痛，火辣辣的。血从四处涌向我的脑袋，然后憋着劲又落回了两腿间，那里发烫坚硬，好像有火在烧，越来越猛。

我看不清妞儿，我摸索着它的身子，感到它也在微微颤栗。忽然，我的手碰到了它后面红肿湿润的地方，惊得我一下张大了嘴，与此同时，我听见妞儿也发出了一声呻吟。这声从妞儿身体里发出的声音显得又怪异又温柔，弄得我心里一阵抓痛。妞儿啊妞儿啊，我够不着你。我手背上带着它私处的湿润和温软，颤栗着到屋角，那里有一截准备打家具的大木头。

我把这截木头挪到妞儿尾巴的下面，我站上去，略有些不稳，我扶着妞儿，慢慢站直。它好像知道我要干什么，如果我能看见它的眼睛，那一定是又迷人又害羞。我看不见它的眼睛，也看不太清它的后部，在黑暗中那里比别的部位更黑，而且闪着微光，那是它流出来的半透明的东西，看上去像两片小小的绸缎镶在妞儿的身体上，又像两片肥厚深色的花瓣在雨中闪着隐隐约约的光芒。

它的两腿叉得更开了，尾巴仍偏在一边，妞儿啊妞儿啊我知道你在等什么。我用发抖的手指轻轻拨开它那温湿软滑的地方，那里热气奔腾，风起云涌，我的下部变得更加坚硬锐利，我感到自己被一阵呼啸的力量所裹挟，一下进入到妞儿的身体里。

姐妹们

奶奶说我妈五姐妹，就像是五个娘生的，谁都跟谁不像，长相也不像，脾气也不像，天知道是怎么生的。大丫五十岁了只有桌子高，不会说成句的话，走路走不稳，得扶着墙，一两岁的小孩最喜欢打她，一打，她就喊：妈，打我。现在都五十岁了，洗澡还得让她妈帮，连拉屎都不会擦屁股，要她妈给擦，更别提干活做饭了。她妈老说，什么时候她死，就先弄点甲胺磷把大丫毒死。

至于二姨，则天天打孩子，把孩子往死里打，一点不像读过高中的人，经常揪着女儿的头发往墙上撞，还不让人扯。她女儿现在在深圳打工，落下了头痛病，痛得在地上打滚。有一次在稻田里割稻子，两个女儿吵了两句，二姨走过去就用镰刀往女儿头上一锄，头上一下砍出一道大口子，鲜血直流，女儿哇哇大哭，直喊痛，二姨就冷冷看着，还不让人包扎刀口，谁包扎就骂谁，还不让孩子哭，孩子满头是血她还要打孩子，旁人看孩子可怜，领到家里藏起来，她就坐在人家门口生气，气自己没打着孩子。她的两个女儿都落下了头痛病。又一次，大儿子带小儿子，没看住，小儿子掉水塘里，旁边人把孩子拉起来，告诉她以后当心点，结果她一脚把大儿子踢到水塘里，孩子才五岁，个子小小的，在塘里使劲扑腾，她还不让人去救，谁救骂谁，孩子差点淹死了。

我奶奶说，二姨打孩子，她丈夫就打她，往死里打，有一次把她打进苕坑里，用大石头压住洞口，死活不让她上来，她在苕坑里待了整整一夜，回娘家也不说。二姨高中毕业没考上大学，回村当了妇女主任，她不同意嫁这个丈夫，结婚的晚上装傻，故意抢菜吃，抢三丸，站起来抢，嘴里说，我就是要抢菜吃，晚上入洞房也不安生，又打又闹大半夜。

这些都是听奶奶说的，我妈什么都没说过。我不知道奶奶是怎么知道的，我妈五姐妹，只有她和四丫姨嫁在王榨。奶奶说她自己是个人精，人精就知道所有的事情。她说我妈前世是个闷葫芦，今世也仍是个闷葫芦，四丫姨又漂亮又能干，就是命中犯女人，五丫是个狐狸精转世，虽说投了人胎，但眉眼嘴全是狐狸的影子。

如果投胎转世能选择，我希望四丫姨当我妈。我喜欢她身上特有的烤红薯的甜香味。小时候她把我抱到她的床上暖被窝，她的枕头被子全是一股甜丝丝的气味。后来她搂着我，我发现这些好闻的气味是从她身上发出来的。我问四丫姨，你吃烤红薯了？她说没有啊。我又问那你身上怎么这么香？她闻了闻自己的胳膊，鼻子一动一动的，吸了好几口气，她疑惑地说没有啊，我什么也没闻着。

如果四丫姨是我妈，我的脑袋里就不会长瘤子，我的瘤子可能是我妈一天到晚不讲话闷郁长成的。我得了症，四丫姨比我妈还着急，我妈都想不治了，她还要治，她说她要把王大钱的钱都花光，她就不信治不好。

面容（二）

五丫跟四丫到北京做家具厂，王大钱四丫两口子睡里屋，五丫睡外屋，晚上四丫姨醒来不见王大钱，问他去哪了，他就说上厕所了。过了几晚，王大钱在五丫床上正搂着五丫，突然感到身上一凉，侧头一看，四丫正站在床边，披头散发，穿着一身浅色睡衣，两眼发直，一动不动，活像一个有血海深仇的女鬼。

五丫跟没事人一样，把被子拉过来接着睡，她用她的腿紧紧勾着王大钱，脸上天真无邪。

那时候王大钱还没有大发。他看到哪个商场快倒了，就赶快盘下来，然后再把摊位租出去，赚点摊位钱。小发的王大钱和四丫五丫纠缠在一起，他今天和这个好，明天又和那个好。

然后他就碰到了香港的万梓良，然后他就到新疆做生意。新疆是个好地方，王大钱到新疆就成了一只大炮仗，远隔万里，爆响在滴水县的天空。

他在县里盖楼，买了一辆桑塔纳，跟王榨的人说他是从新疆租飞机回来的，带了一个密码箱，箱子里满满的全是钱。然后就跟四丫离婚了。然后他们又复婚，然后他们说还要离。

四丫姨脸上的疱是一种毒，越长越大，又红又肿，医院说如果不开刀挖掉就很危险。手术后四丫姨用一块手帕遮住自己的脸，只露出一双眼睛，她的眼睛细长细长的，显得又困惑又神秘，这使她跟所有女的有很大不同。她用来挡脸的手帕每天一换，真丝手帕，又软又滑，像水一样垂下来，颜色淡淡的绣着花儿，这使四丫姨看上去别有风韵。我很快习惯了她的这副打扮，好像四丫姨天生就该用手帕挡着她的脸。

四丫姨从医院回来的那天下午，我和火车正在门口的空地上准备玩弹珠子，我们分头找木棍挖坑，我刚抬头，就看见村口那边我妈扶着一个人走过来了，那人脸上蒙着白布，显得怪怪的，她穿着我四丫姨的衣服，走路的样子却不像。我四丫姨走路又轻又稳，这个人则驼着背，低着头，两条腿里好像长满了木头，连膝盖都不会打弯，她的眼睛也像看不见路，深一脚浅一脚的。等人走近，我看见她眉毛上的痣我才明白这就是我四丫姨。

我一手泥愣在那里。

四丫姨眼睛直直的，什么也没看见，她一脚踩在我前几天玩弹珠子挖的一个土坑上，差点没摔跤。我跟她们进里屋，四丫姨一头躺倒在床上。

她躺在那里就像一堆衣服躺在那里，僵硬、死寂，完全不像一个大活人，更不像四丫姨这样好看能干的女人。我不知道她的力气到哪去了，难道人像气球一样，开一个口子就把气全泄光吗？王榨有人割破手脚，都是切一块肥肉贴在伤口上，没几天就好了。

我决定马上到二皮叔家，看看有没有新放生的猪。我要弄一块又大又新鲜的肥肉，贴在四丫姨的脸上，过不了几天，四丫姨的脸就会长平，像以前那样又亮又滑的了。那次火车手上破了一个大口子，也是我去找二皮叔要了一块新鲜的肥肉，没多久，他的手连伤疤都看不出来了。

走到门口我又折回来，我说四丫姨你别伤心，我去找二皮叔要一块新鲜的大肥肉给你贴在脸上。我到床边站着，看到四丫姨的眼皮变得有点厚，以前她的眼皮薄得像桃子皮，好像含着一包甜水。

四丫姨说，大头，四姨破相了，四姨不想活了，你给四姨找一点甲胺磷来吧。我说用肥肉一贴就好了，一点都看不出来。四姨说大头你不知道，四姨脸上的肉都挖掉了，连牙齿都露出来了，四姨自己都不愿意看。我说你不活了那王大钱这么多钱就全给别人花了，让别人享福你去死，我可不愿意。四姨不说话了，过了一会儿，她抽抽搭搭地哭了起来，她脸上的白纱布一动一动的，很快就洇潮了。我从她的枕头底下翻出一块粉红色的布手绢在她脸上晃，我说四姨你别用这块白布遮脸了，换上好看的手绢，保证比五丫好看多了。

说到五丫，四丫姨的眼睛又直了，她眼直直地说，大头，王大钱这个绝八代的，又要跟我离婚，还说这次离了就再也不复婚了。我说四姨你脸上长东西就是他气的，让他花钱把你治好了再说，把他的钱都花光。

四丫姨就不哭了。

她又躺了一会儿，我看到活气一点点回到了她的身上，从她的眼睛里一眨一眨地眨进去，她的身体变得起伏而柔软，不再像一堆衣服堆在床上了。她起床梳头，真的换了那条粉红手绢遮脸。她在镜子前左照右照，又拿出眉笔描了半天眉毛。然后她对着镜子说，大头，四姨不离婚，不能便宜了王大钱，四姨还要让他拿出钱来给你治病。

四丫姨跟我心心相印！她比我妈还像我妈！我投胎的时候要是投到四姨的肚子里呢，那我就是四丫姨的孩子，我就会跟四姨长得一样好看，三躲、小芹，全村最俊的女孩都会喜欢我，我去放牛，她们也跟着去放牛，我去割草，她们也跟去割草。

在梦中我看见三躲跟我躺在油菜地里，她的头上脸上全是花末，当然也有大量土、草根和腐叶，它们沾在她的胸脯上，粉粉的小奶头上也沾上了一点叶子，我一摘，她就笑，全身乱抖，她的衣服一下全不见了，全身光溜溜的，在油菜地里又白又亮，她腿根里也全是油菜花，什么都看不见。她那地方能跟妞儿一样吗？

我想把她的腿分开看看，但油菜花不听话，像泡沫一样涌来涌去，我刚拨拉开，不知从哪又堆满一堆，油菜花把她全身都埋住了，我看不见她的身体，只能在花下面磨蹭她，那些油菜花都不是真的，我知道它们是我的棉被变的，我的被子全家最厚，奶奶说我身子骨弱，没有火，给我做了一床八斤重的厚棉被。隔着厚棉被我摸到她的小奶坨了，温呼呼的，有点硬，又有点软，我想把脸靠在她的奶坨上，但怎么也靠不上。

我在被子里拱来拱去，梦中的三躲不知什么时候又变成了四丫姨。

四丫姨喜欢让我给她暖被窝，我小的时候，王榨还不兴打麻将，一到冬天，吃过晚饭，四丫姨早早就上我家抱我，她说小伢暖被窝比提炉还好，不伤被子，不燥人。

这件事情我差不多记不起来了，但忽然，四丫姨说，大头，你晚上跟四姨睡一个被窝吧。我想四丫姨肯定以为我还只有十岁，我虽然不长个，但实际上我已经十五了。四姨看我犹豫，眼睛暗了暗，脸上的手绢好像也拉长了，她说大头，你怕看四姨破相的样子是不是，我说不是。不是就赶快洗脚上床，四姨的被窝像冰窟似的。

我蜷曲在四姨的被窝里，她的被子好久不盖了，一直收在柜子里，有一股樟木味，还有点潮乎乎的。四姨洗脸洗了好半天，她钻进被窝，带进一阵又香又冷的风，我的脊梁骨一阵发紧，又一阵酥麻，她的身子随即贴到我的后背上。

我替四丫姨恨五丫，四姨一骂五丫，我就跟着骂。我说五丫是个妖精狗婆子逼烂逼绝八代的，我说五丫抢人家的老公不得好死，不是被车撞死就是掉河里淹死被药毒死，我跟四姨商量去弄点甲胺磷拌在五丫的饭里，四姨不让，说咒咒她就行了。

但我还是觉得假如五丫吃了甲胺磷，事情就会不同。

王大钱在县城给五丫买的商品房我能找得到，我要去找她，要跟她撒谎。我将不停地喊她五丫姨，夸她长得好看，比赵薇、张惠妹、杨钰莹都好看，全县第一好看，要是她去演电影，保准比章子怡还红，要是她去唱歌，往台上一站，肯定台下都疯了，就像把马蜂窝扔到火堆里，火和马蜂一齐尖叫，人和椅子一起跺脚，人人挥舞小光棒，又吹口哨又拍手，献花的人多得挤都挤不到跟前，五丫姨，要是有花你就全扔给我吧，我把它们发给台下的追星族，让他们排着队源源不断地再把花献回给你，五丫姨啊，你就等着鲜花把你堆起来吧。

我还要夸五丫姨身材好，那年我在四丫姨家里看见她唱卡拉 OK，她扭得像一条蛇，她就是认为自己身材特别好，特别性感（这词她是从电视剧里学来的，我知道是什么意思，就是指屁股和奶坨子都比旁人大，但我奶奶看不惯，奶奶说这么大的奶坨子，哪像个姑娘家）。此外我还要夸她的嗓门又甜又沙，跟七月的沙瓤西瓜一样，人人都爱，夸她会穿衣服，特别有港味，像个港姐。

五丫仿佛就在我的眼前，她说好大头嘴真像抹了蜜，你先喝一瓶娃哈哈，五丫姨给你下碗肉面吃。她一转身，我就从怀里掏出甲胺磷，但甲胺磷在大瓶子里，太不好拿了，我决定还是换成呋喃丹，像红色的沙子，可以用纸包起来，拌在饭里，什么鸟吃了都死，以前我看安南爷下稻种，拌这种红沙子时还戴着手套口罩，后来老鼠偷吃了稻种，就被药死了。不久前我看见二皮叔的柴屋角落里还有一点呋喃丹，但不知道是国产的还是日本的。听说国产的不够毒，有一年细婆想不开，吃了半斤也没死，去马连店洗肠，现在还活得好好的，八十多岁了，走路飞快。

但我不能把王大钱也毒死，他死了我四丫姨怎么办。这时五丫就把一碗热腾腾的肉面端上来了，上面还卧了一只胖胖的荷包蛋，香喷喷的面条撩着我的鼻子，一直香到我的瘤子，我的皮肉，我的下水，我吱溜吱溜地吸着面条，就把毒药的事情给忘记了。

一条狗对着谁叫

夜里我躺在床上看见一条狗，是黑的，尾巴有点秃，很像我以前养过的黑子。但它的眼睛不像，它不认识我。

黑子早就死了。

那时候不让养狗，所有的狗统统要杀光。民兵连长上我们家，要把黑子弄死。我没生出来的时候黑子就在我们家了，我用土块扔民兵连长，不让他抓黑子，但我被我爸抓住了。

黑子跑到房顶，被民兵们用长竹竿硬赶了下来，黑子就被他们抓着了。他们把黑子吊在我们门口的桐子树上，他们一抓住黑子，我就开始哭，我哭得满地打滚，死去活来，那人看我哭得厉害，怕出人命，就把黑子放了下来，没吊死。过了不久，黑子还是被弄死了。

我们村的狗只剩下三条。

从前差不多家家养狗，谁家的孩子去上学，总有一条狗跟在屁股后面，学校门口有各种各样的狗，狗把孩子送到，就各自回家，大路小路，田埂河岸地里，到处都是狗，大狗叫，小狗也叫，“汪汪”地连成一片，跟过节一样。

一条狗要是平白无故冲谁汪汪叫，那人肯定就活不长了。王榨有个老头叫细棍，黑子一看见他就叫，一听见他说话也叫，细棍走路的声音它也认得，他在狗背后好远走路，狗都汪汪直咬。细棍说他从来没碰过这狗，谁都不知道狗干嘛光咬他。

细棍弄了鱼肉，一大碗，给它吃，吃完了它还叫。有时细棍的三个亲侄子路过它也叫几声，好像是要提醒他们。没多久老头果然病死了。

村里有人死了，狗叫的声音跟平时不一样，是哭的腔调。人还没死，它就开始哭。

我夜里看见的黑狗在房间里走，但它不是黑子。它不叫，只是走来走去，很轻，像影子一样。它围着四丫姨的床走，走了好几圈，四丫姨明明睡在床上，但四丫姨的床是空的。

我觉得奇怪。我问奶奶看见黑狗了没有，奶奶说我是做梦。

一只狗对着谁叫谁就快死了，梦中的黑狗绕着四丫姨的床转，我不知道会发生什么事情。

面容（三）

没过几天，四丫姨喝了甲胺磷。她喝了半瓶，没送到医院就死了。我奶奶说，这都是四丫的脸闹的。

四丫姨在一年内去做了十一次整容手术，在武汉做了五次，到上海做了六次。前面几次都是要把大腿和屁股上的肉挖来补脸上，这事听起来挺稀奇，但事情就是这样。

头几次回来四丫姨眼睛都带着笑，她的眼皮天生很薄，细长细长的，有一点笑意就很中看，带得她脸上的手绢好像都在笑。她总是一回来就摘下手绢照镜子，照完镜子就叫我来看她的脸。她说大头你快帮姨看看，姨脸上的洞补平了没有？

她坐在床上或椅子上，好让我够着她，有时我用手碰她的脸一下，她就喊痒痒，把我的手打掉。每次我都大声说：比上次平多了，把手绢摘下来吧！

有一次她高兴，拿着我的手按到她大腿上，让我摸她割掉肉的地方。她的腿很光滑，跟茄子一样。她又让我看，那上头除了有几粒很小的肉钉，什么也看不出来。

那次她从上海回来，脸上没挂手绢，脸皮又平又光。光看一眼觉不出奇怪，再看一眼就觉得不太像四丫姨。她左边脸的下半块太亮太紧，好像两边有手揪着这一块，而且无论她说话还是笑，那块皮肤都不动，就像一块死皮。

这使我有点害怕。

我趁她弯腰，飞快地在她脸上碰了一下，她几乎没什么感觉，等她坐下来，我又凑上前去按她的左腮，按完左边又按右边，手上好像碰到的是两个人的脸，软硬体温都有点不同。

四丫姨知道她的脸变奇怪了。

一个人的脸有点奇怪就值得喝甲胺磷吗？奶奶说她到底不是王榨的人，王榨的人长得像猪八戒也照样好好活着，说她也不像她家大丫，四十多岁了拉屎连屁股都不会擦还活着。

王大钱又提出离婚，四丫姨说她的脸弄好了就离。王大钱给了她一笔钱，在最后的三个月里，四姨又一气做了四次整容手术，在家没待几天就往上海跑。最后一次从上海回来没几天，就喝了甲胺磷。

菩　萨

我奶奶喜欢慈灵观和林师父。

慈灵观是林师父的庙，她是自己得道的道姑。庙就在四季山的坡底，我们村的后头，离她家不到百步。听我奶奶说，林师父是我生的那年得道的，本来她跟平常人一模一样，后来“过阴”到阴间走了一趟，就得道了。那几年她老得怪病，一病就死过去，总是衣服棺材准备好了，她又自己活过来了。

没盖庙的时候林师父的家就是庙。我奶带我去过好几次，每次要去，她从早上起就不吃荤。我喜欢咸萝卜用猪油炒，她不吃，把咸菜从坛子里掏出来用水洗洗就下饭。所以每当看见我奶生啃咸萝卜，我就知道晚上肯定上林师父家。

我一点都忍不住笑。

太好笑了，林师父散着头发坐在椅子上，两只手一边一只扶着膝盖，一边转头一边唱：“嘿嘿嘿嘿嘿——”又像咳嗽又不像，说是唱又没有词，不知道是什么意思。我拼命忍都忍不住，只好用两只手捂着嘴，但还是笑出了声，笑得呼哧呼哧地直喘气，眼泪都笑出来了。但林师父像一点都没听见，还是一边转头一边“嘿嘿嘿嘿”的。

后来就不好笑了，变成了唱楚剧，楚剧的曲子，林师父自己的词。她唱道：哪方的主人，谁碍着你了？放他一条生路吧，他给你烧救苦钱。而且她耳朵下面的头发剪掉了，头顶的长发束起来扎成一个鬏，看上去像戏里的道姑一样，这样就不好笑了。

庙里做泥菩萨的时候我去看过很多次。我没事天天都去看。他们是从马连店请来的，做一个泥菩萨一百多块钱。

先用一长一短两根木交叉绑一个木桩，再用稻草搓绳子往木桩上缠，缠上去就像一个人了。猛一看，吓我一跳。

抹黄泥一开始不太好看，一大堆泥，湿了水挺黏的，像揉面似的揉，还在地上打，再往架上搭，湿着塑出菩萨的眼睛鼻子嘴，一干就裂许多大口子，一道一道的，要拿黄泥一点点补，又干了，又裂，再补，最后涂上颜色。

新庙落成唱庙戏，各家都来亲戚。四丫姨回娘家接了外婆、二姨和五丫，三躲家的大姨走了十里地，火车的二舅三舅四舅来了好几个，骑了一辆摩托车和两辆脚踏车，火车一边啃着饼干一边乱窜，全村的小孩都在戏台下钻来钻去，戏台有一人多高，短木是禾三叔领人上四季山现砍的，长木头谁家有就拿来借用一下，火车家有三根长木头，他说这是他长大娶媳妇用的。

差不多全村的小孩都嚼方便面，是各家亲戚带来的，钱多的就多带几包，钱少就少带几包。三躲的大姨夫有病，没有钱买方便面，只带了些腊肉腊鱼，但这些东西谁家都有，而且又刚刚出了正月，谁都不稀罕。火车的三舅贩药最有钱，给他买了五个芝麻饼，馅里有冰糖、瓜子仁、发亮的红绿丝和黄色的豆沙，吃到嘴里凉甜凉甜的可能还有点薄荷水，特别好吃，要五角钱一个。

庙戏唱了两天，唱的什么戏我全忘了。

我不爱看楚剧，穿着古装，咿咿呀呀半天，不知唱的是什么。我奶和我妈看得一把鼻涕一把泪，戏里的人使她们伤透了心。我喜欢宋祖英，她的声音又脆又甜，眉眼透着喜庆，来唱庙戏的马城的戏班有个女孩长得真像宋祖英，戏班的人一出来拜台我就看到她了，她留着披肩发，穿着一件紧身的黑毛衣，下面穿牛仔裤，就跪在团长的旁边，她低头一拜，头发就扫地上，第二第三拜她用手挽着头发，这使她的奶坨子看起来更大，有点抖抖的。

要是她“跳开放”我一定去看。听说后河那边有唱大棚“跳开放”的，全是唱的流行歌曲，扭得比电视还厉害，扭着扭着就脱掉衣服，有时候光脱上面的衣服，有时候全身都脱光。

细胖去看过一次，说特别过瘾。

庙里养了一个男侏儒，只比桌子高一点点。像一个小孩，走路一晃一晃的，好像肩膀一边高一边低，上身的衣服盖到膝盖，像一件大衣，他的裤腿挽了很多道，衣袖也挽了很多道。

近看他的脸真老，额头黑乎乎的，有一道深一道浅的皱褶。

我不知道林师父为什么要带他到庙里来。

我跟奶奶到庙里给林师父过生日，很多人都去。奶奶拿了半袋霉干菜，火车他妈带了一点青菜和糯米，我跟她们到庙里吃斋饭。她们一到就进厨房帮忙，又烧火又淘米又洗菜。

我没事干，跑到后院，看见侏儒正在井边打水。

我问他你几岁了？他看到我，马上停下手里的活，站直了回答说，四十一岁了。说完仰头看我，好像等着我再问。我想了想，又问：你家在哪里？兄弟几个？他又老老实实告诉我，他家在三店的孙河，有七兄弟，兄弟中有三个短四个不短。

他不够高，只好把水桶的绳子往扁担上缠短一点，他正要挑水，我又想起来问他为什么长不高？他又站直了老老实实回答说：是因为前世修得不好。

庙外的山坡上坐着一堆堆的人，十个人一堆，每人拿树枝当筷子，围着两个洗脸盆，厨房做好的菜也用大洗脸盆端出来，每堆人里盛一勺。菜特别多，有豆腐、腐竹、黄花菜、豆芽、黑木耳、霉干菜。侏儒端着一大盆黄花菜出来，有人站起来就抢了两大筷子。侏儒不作声，任他夹。

我奶现在已经吃长斋了。最早的时候她是吃花斋，逢三，每十天吃一天斋。后来我查出脑袋里长了五个瘤子，医生和百六九都说我治不好活不长了，她就开始逢三六九日吃斋，逢三六九月整月也吃斋。自从我爸在新疆坐牢，她就开始吃长斋。

电视上吃斋的人拜观音，我奶不拜，她拜灶灯。

她说司命菩萨在灶里，掌管着人命，她上灶灯不是为她自己，是为了我和爸爸。她初一十五就拿一只碟子，倒上菜油，用一根灯草点着，放在灶台屋上，烧香、磕头、烧黄纸，嘴里还念叨着，不知说些什么。

我对这些不感兴趣。

在南瓜里飞

南瓜像人的屁股，这谁都知道。

它的皮很光滑，但瓜叶和瓜柄都毛刺刺的，我不想摸它们，但它们非要摸我。终于等到它们都枯掉了，我才把南瓜摘下来。

我跟我爸一样，喜欢爬屋顶，骑墙头，还喜欢上树，所以我爸的外号叫猴子。如果不是我的脑子长了瘤子，头大，我的外号肯定是叫小猴子。我们村的三类苗，他儿子就叫四类苗。但这个南瓜不是我爸摘的，即使在梦里我也知道他在新疆坐牢，我们王榨一共有四个人蹲监狱，一个在北京，一个在武汉，两个在新疆。

监狱不好玩，整天搬砖。要是种南瓜就比较好。

南瓜为什么不穿裤子呢？就这样光着屁股在人跟前。我不记得南瓜本来是不是穿裤子的了。

南瓜光着屁股来到我的床上，它说，搂着我吧，大头。

我搂着它，它跟人一样，我问它，你怎么会有体温的呢？它说，是你把我抱暖的呀。它越发圆滚滚的。我觉得自己发胀，又胀又烫，我有气无力地问它，你是妞儿吗？它说，不，我是南瓜。

我变成了一把尖刀压着它，一直压进去。开始的时候有一点阻力，有点涩，后来一下就顺了，南瓜汁湿而黏，有点甜丝丝的。

面容（四）

我不信四丫姨的皮比牛皮还厚，我一摸妞儿，妞儿就眨眨眼睛，或者甩一甩尾巴，但我不管摸四丫姨哪儿，她都没反应。

四丫姨不停地让我摸她，她好像一点都不知道我都十五岁了。

她让我把手探进她的衣服里，她说你摸一摸，你怎么不摸。我说我在摸呀，我的手就放在你的身上。

她说她一点都不痒痒。

那时候月亮已经升到窗口了，又白又圆，像一张不怀好意的大白脸。月光照在四丫姨的脸上，她一把把被子掀开，月光又照在她的身上，凹的凹，凸的凸，月光来到她身上就变成了波浪。

但波浪开始抽动，四姨哭了。

她抓起我的手，按在她的奶坨子上。她使劲晃动我的手，晃了一会儿，她又握着我的食指往下拽，一直拽到她两腿间，我吓坏了，脑袋里的瘤子嗡嗡响，好像有许多马蜂在里面被火点着了。

我想缩回自己的手指，但四姨的力气更大。

手指被她紧紧卡着按在了那里，我感到了皱褶和毛发之间的一个开口，她的力气引着它进到里面，干燥、沙哑，像一个发不出声音的坏嗓子。我忽然想起妞儿，妞儿的那个地方湿润滑溜，有透明的黏液，温暖、柔软。

四姨死了以后我才知道，她一年内做了十几次脸上的手术，时间间隔太短，大量麻醉，她身上要紧的地方都失去感觉了。

四姨死了以后我才明白她为什么要喝甲胺磷。

四姨死后王大钱也没跟五丫结婚，他在县城给五丫买了一套商品房，每隔一段时间给五丫一些钱，够五丫买时髦衣服用的。五丫准备找一个人结婚，谁都知道，谁跟五丫结婚就像捡了一坨金。找她的人很多。

四姨死后就没人给我治病了。

代替妞儿过堂

没有人知道我和妞儿的事，除了大木头。我站在木头上，我的身体跟它的身体连在一起，潮湿、粘连、灼热，像火一样烧，像电一样闪。它的眼睛水汪汪，比干渠里的水还清亮，它的皮也不是牛皮，根本不厚，有一点软，有一点细。

我再也见不着妞儿了。

二皮叔的两件蓑衣都已经织好，下雨的时候他家的母猪果然披上了，十足一个穿着貂皮大衣的胖女人。可笑的是，这个胖女人在院子里刨土翻蔗渣吃，弄得一头一脸全都是泥，脏兮兮的，要是妞儿穿上蓑衣肯定不会是这样。

我脑袋的瘤子里长满了蓑衣，蓑衣里藏着我的妞儿，妞儿在我的梦中回到我家的柴屋，它在月色下闪着灰光，腾空而起，像《西游记》里的白龙马，横过四季山、干渠、水塘，樟树、柳树、苦楝树，油菜花、土豆花、芝麻花，降落在我的窗口。

但我再也见不着妞儿了。

妞儿顶死了别人的牛。它平时根本不打架，那天正好妞儿在坡上，他们的牛先冲过来，妞儿从高处用角顶了它一下，就一下，就把那牛顶死了。

过了几天，我和我奶正在田里割稻子，听到有人在路边喊。我奶说，我没工夫，谁找我就上这儿来。法庭那女的就找到地头来了，她拿了一张纸，让我奶在上面签字，我奶不识字，让我签。我问，这是干嘛？女的说，牛打架的事。我说我不签，女的说，没别的意思，你签了就表示我这个人来过了。

于是我就在上头写了“大头”两字，女的看了看说，不能写绰号，要写学名，我只好又写了“王新平”。

签完之后她就说，你们家出一个人十七号下午两点到法庭来一趟，有人告你们的牛顶死了人家的牛。

我觉得这女的有点像骗子。

我跟别家的女人们去过堂。

一共七家，状纸上只写了六家，写漏了火车家。写漏了特别不好，写漏的人家会出事。但当时大家都没注意。

我跟女人们到马连店法庭的一间屋子里，有几张桌子，其中一张桌子有一个牌子，写着“被告席”。我们六个人站了一排，五个婆娘，一个小孩，老的老，小的小，看上去很不严肃。

法庭的人让我们坐，五婆说“站惯了”，转身就靠在了门框上。然后送传票那女的举着一个小本让我们看，说第几条第几条，打死牛了要赔，那牛花一千四百元买的，由我们六家分摊。

我们说，牛打死牛，干嘛找人？是牛打架，又不是我们打架。五婆说，让赔一分钱还赔得起，多了赔不起。我说，这不是人为事故，是牛为的。三躲她妈说，反正牛不是我打死的，我们家没钱赔。

婆娘们胡搅蛮缠，庭长气得鼻子直冒烟，瞪了半天眼，说你们这是拿法庭当儿戏，回去让你们家男人来。

第二次再去，只换了安南爷和二皮叔，别家男的都出去打工了，来的还是女人。又读小本子一百七十二条，还是没解决。法庭说插完秧还要去。

这中间火车就被电死了。

他偷西瓜被电着，但他奶认为是告状的状纸写漏了他家，把火车咒死的。他奶就到下湾子牛主家扯皮，说，你们告状状纸上凭什么写漏我们，上次唱戏凑钱，写漏了一户，这家的孙子就掉水塘里淹死了，你们明明知道写漏了会出事，就是想害我家火车，我孙子死了，你们赔我孙子。

牛主生气一推她，她就大喊救命。

火车奶奶要上法庭告牛主打人，她把身上一块紫的撩起来给法官看。法庭的人说，有法医鉴定，就行。

火车的表叔在黄石地区法院，火车的舅舅在县邮局当书记，于是托了个熟人，搞了个法医鉴定。牛主只好不告我们了。他跟别人说，我们赔了他一千多块钱，其实连诉讼费一百块都是他自己出的。

妞儿顶死了牛，就成了霸王。

看见牛也顶，看见人也顶。它只顶母牛，不顶公牛，看见有人牵母牛过来，它就踢人、赶人，横。有一次二皮叔把它牵到树荫底下，它头一顶就赶二皮叔，一下跳上了好几级台阶。二皮叔偷偷跑回家关上门，它就到处找，找了好几里路。后来它看见男人就赶。

它不赶我。它知道我是谁。

后来妞儿不见了，有人说是下湾子死了牛的牛主毒死了妞儿，杀了卖了，用来赔他的牛。

安南爷说再买就买一头公牛，一岁左右的，公牛四五百就行了，一家出六十多块，母牛要八九百，每家就得出一百多块。

时髦的头发

我一转身就看见了三躲。

猛一看我以为她是五丫，她穿着一件带花发亮的紧身衣，把身上粘得紧紧的，胸前奶坨子的形状看得清清楚楚，两粒奶头直冲我的脑门，好像快要蹦出来了。它们闪着亮，像两只电灯泡长在三躲胸上，让人想不看都不行。从前三躲在家的时候不是这样的。她下面穿了一条刚过膝盖的裙子，外面套一件半长短风衣，头发弯弯曲曲束在头顶上，像电视里的时髦女郎。

她说大头你瞪着我干嘛，不认识了？她的眉毛又细又弯，嘴唇没有涂红，脸色不是很好。我说三躲你去哪儿了？我还以为你妈把你卖了呢，我问她，她说你被人贩子拐走了，我还到四季山那边的村子找过你。

她说你找我干嘛，我现在很好，没人骂我，也没人打我，还有钱花，我还吃过荔枝、人参果，还吃过火龙果，以前我连见都没见过。她说她在长沙的发廊给人洗头，只洗头，不干别的。

我奶奶说，看她奶坨子那么大，走起路来一颤一颤的，不知道有多少男人摸过，屁股还撅得老高，那就是被人日的。三躲她妈说被人日怎么啦，女人生来就是被人日的，谁的逼能日出钱来谁就狠，你别看电视上那些唱歌演戏的，照样有人卖逼，学智说那天的报上登的，演什么格格的那女的，被大老板包了，一年六百万，她还不承认，嫌少，说这点钱她自己都能挣着，用不着卖。

三躲妈说她三躲的逼要是有一半这么值钱，被日死了都值。

三躲穿着高跟鞋在村里走，她成了全村最时髦的人，她除了那件大花闪亮的紧身衣，还有黑色的、草色碎花的、肉色的，每件都正好把奶坨子裹出来。而且她还有一个手机，一个紫色的、比一盒烟大不了多少的手机，王榨有手机的人有二三十个，在外面打工的差不多都有。有人还有两个手机，但都是男的，女的没一个人有手机。

王榨的人都喜欢时髦，白西装都有人敢穿，当然白西装现在已经不时髦了，打工回来的人都穿皮夹克。早先线儿最时髦，快四十岁了还穿大红裙子和高跟鞋。五儿嫁到王榨之后就成了最时髦的，她不穿大红大绿的颜色，她要穿高档的衣服，料子要好，抹脸也用高档的，最贵还买过一百多块钱的祛斑霜。后来五丫出现了，五丫一出现，就压倒了线儿和五儿，她虽然不是王榨的人，但王大钱一回王榨，她就一身时髦地出出进进，成为王榨眼里最漂亮最时髦的人。

现在看来，三躲比五丫还时髦，三躲的头发染了一绺黄的，五丫没有，三躲有手机，五丫没有。

我试了试三躲的皮靴，穿不进去。她说她的皮靴花了五百多块。

她说现在整顿，老板把发廊关了，让她们过完中秋再去。

有人说三躲打了两次胎，她妈说挣了那么多钱，打两次算什么，哪个女的不打几次胎，双兰还打了九次胎。

西瓜和鱼

田里越来越荒了，村里没什么人，青壮年都外出打工了，老人下地。狗和鸡和猪都几乎没有，养什么就被偷什么，干脆都不养了。地里只有老人在干活，安南爷和罗姐捡了几块地种，种不过来，就让它们荒着。荒地上长了草，有大片的系马桩和贴金帕，还有狗尾巴草和野鸡冠花，看上去像一小片草原。

两只狗在荒地里打连。它们屁股对着屁股，张着嘴喘气，一条黑狗，一条黄狗，黑狗是别村的公狗，黄狗是火车家的母狗。偷西瓜的那天晚上黄狗在家里下崽，没有跟着火车，不然肯定也触电死了。

火车被电死以后，全王榨就再也没人去偷过西瓜。整个夏天特别无聊，连狗都不知道干点什么好，在村子里蹿来蹿去，眼睛没一点光。以前每个晚上都有活动，一吃完晚饭大家就聚在门口，商量去偷花生还是偷甘蔗，或是去赌博，全村的狗也跟到一起，摇头摆尾，兴奋不安。

火车现在已经变成鬼了吧。

成了鬼偷东西肯定很容易，轻飘飘的，想飘到哪儿，就飘到哪儿，看瓜的人根本看不见鬼，鬼那时候只有一粒火星那么大，从一棵树跳到另一棵树，从一个山头跳到另一个山头，看瓜的人以为就是萤火虫，或者是一只猫，他不知道是偷瓜的鬼来了。

但我不知道变成鬼以后吃西瓜还甜不甜，要是不甜，做鬼就没什么意思，不如去天上当神仙的道童，他们说我本来就是天上的道童，不过我想当道童肯定不如当鬼好玩，当道童整日在庙里，跟那个男侏儒一样挑水洗菜做饭。

没有好玩的事，做人做鬼做神仙都没意思。

我喜欢偷鱼，我喜欢有人偷鱼，我喜欢药鱼的药，我看见鱼药像白色的花，开放在鱼塘的水中，药也许就是水中的酒和红烧肉，鱼整天喝水吃草，肯定腻透了，要我是鱼我就不耐烦。要我是鱼，一看见白色的药粉我就游过去。

偷来的鱼好吃，自己养的鱼不好吃。一想到偷鱼，我就觉得自己的头发滋滋响，好像有很多力气沿着头发根落到我身上，我不犯困，也不头疼，也不口渴，有人领我去弄鱼真是太好了。

无论鱼和人，都喜欢突如其来的事情。

猪尾巴

在无聊中我给自己找到了一件事。我决定把细胖家的一头公猪的尾巴砍掉。细胖这人有点坏，但也不是真坏。要是你看见他手里拿着一根烟，千万不能靠近他，你跟他面对面走过去，他冷不防就把烟头按你手背上，烫得你吱哇乱叫，你叫得越大声他越开心，你要是一声不吭，他就很生气。

细铁娶媳妇儿那次，奶奶去喝喜酒，她跟细胖共一桌，细胖一见她就笑眯眯的。我奶奶站起来夹菜，他就把点着的香烟立着放在我奶的椅子上，我奶一坐下，裤子烫了一个大洞，屁股都露出来了，搞得整屋人都喜气洋洋。我奶说，好你个细胖，我老屁股不怕人看，你等着。

过了几天，细胖的妈过生日，我奶去他家帮忙，帮洗碗。刚洗完碗我奶就想出了好主意，她把洗碗水里的饭渣菜叶捧了一大把，塞进细胖的解放鞋里，寒冬腊月，细胖一穿鞋就直跳，从里屋跳到堂屋，又从堂屋跳到厨房，两只脚轮流跳，像耍猴。他边跳边说：君子报仇，十年不晚。大家都笑得不行，连他妈也笑。

但他第二天就在我家门口放了一包狗屎。他用干荷叶包着，还系了一根草绳，看上去有点像烧猪肉，我奶鼻子塞，捡起来也没闻着臭味，打开一看，是两坨狗屎。狗日的！

我要给我奶出口气，把他的公猪尾巴剪掉，让他挣不着母猪的钱。

他的公猪又瘦又长，像猫一样能上树，力气大，能拱倒一堵墙，又好吃，细胖经常给它弄别村的甘蔗和玉米棒子，它待在树底下不挪窝，一口气就啃光一堆甘蔗。

偷甘蔗太难了，要走十里地才有甘蔗，又要磨刀，又要花力气砍，还弄得一身发痒，弄完了还不好运回来。我想来想去，从家里拿了几个生红薯。

公猪拴在他家屋后的泡桐树下，谁家的猪都不拴，这公猪太不安分，咬过两个小孩，还直接从二楼跳下来过，见生人还会吼，跟狗没什么两样。我从它背后走过去，它一听到动静马上转过身来，简直像一头警犬，两只眼睛又狡猾又警觉，好像知道我要搞名堂。

我不信一头猪能有狗那么聪明，我说狗日的细胖，话刚落音，公猪就用后蹄子刨我一脸土，有一粒土还飞进我嘴里了。我吐掉口水，跟猪说，是细胖让我来喂你的，狗日的细胖去马连店看光屁股录像去了。公猪听了就在泡桐树上蹭背，它的背上有厚厚一层泥壳，是泥汤里打滚弄上的。我把红薯放到它跟前，它嗅了一下才啃起来。

我蹲在旁边看，一看就发现这公猪的牙齿很奇怪，两边的虎牙各长出一截，像狼的獠牙，这使它看上去不像一头猪，而像一头狼狗。它很快把两个大红薯都啃光了，啃光之后它看了看我，这时我发现它的眼神又有点像细胖。

难道细胖没有去马连店，而是变成了这头猪？

这不是没有可能的事，我觉得人是可以钻进牲畜身体里面的，但也有可能这头公猪是人转世的。如果是这样，它的脚爪就应该是五个，我立即跳起来看它的蹄子，四只都看过了，每只都是四只脚爪。五爪猪是人变的，五爪鸡也是。谁买猪苗都不要五爪猪，这种猪特别鬼，通人性，轻易不能养。头顶上有旋也不能要，也是人变的。但也有一些人变的猪只有四爪，据说这种猪叫内形五爪。也就是说，表面上你看它只有四只爪，实际上它内里有五只爪。这样的猪更麻烦。

总而言之，猪跟猪是不同的，正如人跟人不同，有的猪是人，而有的人是猪。

这猪虽然是四爪，我担心它是内形五爪，同时我觉得它的眼神太像细胖。我有点怕它。

我在村子里游逛。奶奶叫我把晒干的黄豆秸收进柴屋，我抱了几趟就抱完了。奶奶把黄豆秸当宝贝，每年收了黄豆都不让烧豆秸，她要留到过年，到了年三十才舍得烧，也不是用来做饭，而是放进手烘炉，一次放一点，豆秸在烘炉肚子里燃烧，久不久“啪”的一声响，那是没有剥尽的豆子炸开了。

豆秸可以用来烤蚂蚱。

夏天的时候，我跟火车逮了好些蚂蚱，用竹签串起来烤，肚皮焦黄，四肢炭黑，吃起来跟炸蚕蛹差不多。那次用的是麦秆，豆秸比麦秆好烧。

但是到处都没有蚂蚱，火车也死了。

如果把麦秆绑在猪尾巴上，解开拴它的绳子，再点着火，像发射火箭一样，细胖的公猪就会发疯，呼呼直窜，屁股后面火光冲天，浓烟滚滚，然后一头扎进水塘里，“刺”的一声，这比把它的尾巴砍掉有趣得多。

我脑袋里的瘤子好像看见了猪屁股的火光，它们像电视里的烟花，开放在王榨无聊的天空上，一朵一朵又一朵，五颜六色，光辉灿烂。而且，阵阵气流从我的耳朵掠过，直奔猪屁股。

为了看到壮观的一幕，我终于想出了办法。让它吃鱼药！

它又咬人又会用蹄子刨土迷我眼睛，这狗日的，我让它吃点蒙汗药。本来我已经把这药忘了，那次药鱼，我偷偷弄了点藏在柴屋里，睡了几觉差点睡忘了，全靠脑子里的瘤子才想起来。

我从奶奶床底下找到了一片黄麻，这是她往年用来纳鞋底用的。我把黄麻撕成三道，团成圈藏在口袋里，又挑了一只红薯，挖一个很小的口子，灌进鱼药，再封死。我发现自己的手艺很不错，除了人，牲畜断然看不出来有名堂。一个笨人能否成为一个能工巧匠，我觉得是有可能的，关键是要不断发现有趣的事。

大头这个狗日的，脑袋装着五个瘤子，手上抓着一只红薯，决心把一只公猪变成一枚火箭。

他出了门，来到了泡桐树下，公猪在，细胖不在，形势大好，细胖又去马连店看光屁股录像了。猪看见了红薯，但它看不见红薯里面的药，所以它三口两口就把生红薯吃进肚子里去了。大头蹲在旁边等，一等二等，猪的脑袋不但没有耷拉下来，反而目光灼灼，虎视眈眈，有点像等着他的第二块红薯，又有点像捉摸他的心思。

大头心一慌，又开始想办法。他决定哼几支童谣，给公猪催眠。他哼道："唔——唔——我伢儿困醒了——"一想不对，又改为："唔——唔——猪儿困醒了。"这样一来，困意就像水波似的，一波一波地往大头身上涌，从脚底上来，到腿，到腰，一直到头，连眼皮都重得抬不起来了。

细胖从马连店回来的时候已经是下午，太阳正在下山，只有屋顶和树顶还有阳光，他隔着老远看到泡桐树下有两堆阴影，以为是哪家的母猪自己来找他的公猪，走近一看，原来不是母猪，而是大头。

我歪在树根下正睡得香，嘴里流着口水，头发上沾着麦秸秆，细胖觉得我的样子比较有趣，就点着烟，他先吸上一大口，往我脸上喷。这样我就梦见自己和火车正在烤蚂蚱，刚刚点着麦秸秆，火车使劲一吹，烟就冲到了我的眼睛里。我正要躲开，火车又把烟吹进了我的鼻子，与此同时，他把一只烤得焦黄的蚂蚱放到了我的手心，一下把我烫醒了。

我首先看我的手心，根本就没有蚂蚱，只有烟灰和一个红印。细胖阴笑着说，我以为哪只母猪来找我家公猪了。

如果我是一头母猪，细胖有可能觉得更有趣，他会喷出很多口烟，喷到母猪的脸、屁股、奶坨子上，我亲眼看到过他耐心地蹲在母猪跟前，叫它小娘子、小骚逼，一边叫一边喷烟，还一边抚摸猪背，然后冷不防用烟头烫母猪的屁股，把母猪烫得直跳。

细胖不认为这样做有什么不好，调戏一头母猪和调戏一个女人一样，都是喜欢，看得起。他说，我就不搞线儿，一个老逼，有什么好弄的，我要是当了治保主任，专找十八岁以下的。

我虽在十八岁以下，但我既不是女的，也不是母猪，所以细胖只烫我一下就走了。

火光飞舞（一）

打完年糕，捞了鱼，杀了猪，就过年了。

过年是打架的好日子，王榨的口号是：不打架，毋宁死！或者：过年不打架，不如回家卖红薯。按大眼的说法则是，一个男人不打架，白长一根螺。

说到打架，我脑子里的瘤子立即热血沸腾，历年从初一到十五的架在脑袋里搅成了一摊屎，只见许多拳头扁担镰刀，叮叮当当响成一片，屁股朝天，牙齿噼里啪啦掉。

一阵混乱过去，我想起去年正月初二的架。

那天各村的人都来马连店打台球。两条狗头对头站着，一只黑狗，是王榨的，一只白狗，是何冲的。黑狗认为，王榨是全世界最有趣的村子，白狗则认为，王榨的人爱偷鸡摸狗，是不正经的二流村。两狗彼此不相让，狗眼瞪狗眼。事实上，两条狗中间隔着一条凳子，完全没有要打的意思，大眼要想打架，就只有变成狗，他蹿过去捣捣白狗。白狗是一条文明的狗，正感到好生奇怪，说时迟，那时快，一根棍子就敲在了大眼的脚节上。

终于有人出手了！王榨的大眼一拳揍过去，何冲的一个豪杰就站了出来。

何冲的豪杰，五岁拜师学武功，力气跟两头牛差不多，决非等闲之辈。他一只手把大眼的拳头挡住，另一只手嗖的一下飞出一根九节鞭，跟武侠片完全相同。有关打斗场面，武器、招数，等等，我一无所知，等我读了《天龙八部》或者《雪山飞狐》就来告诉你。

大眼被打得鼻青脸肿，连滚带爬。

王榨的人打架，从来没有输过！王榨只知道胆，不知道武功，胆是一只老虎，武功却是一支箭，呼呼作响，从头顶滚过，准确地击中老虎的心脏。

大眼又羞又恼，落荒而逃，大眼在前面跑，豪杰在后面追，不但追，还喊，喊的是“要操翻王榨”！不但用嘴操，还用九节鞭操，九节鞭到了豪杰手上，就不再是九节鞭，而是变成了龙卷风，风头还长了脑袋，脑袋又长了嘴，嘴又生了利牙，一下一下，眼看就要咬到大眼的屁股了。大眼也不是吃屎的，他一下跳上树，一下跃入沟，还在空中地上打了十好几个前翻。但是屁股后面的牙齿说：操操操，操翻王榨！

到了王榨的石桥，石桥听见了骂声，石桥上正站着日本人（外号），日本人是全村最矮的老头，六十多岁，正准备去马连店买卤熟的猪头肉。他停在石桥上，九节鞭从他身边过，他忽然像跳绳那样跳了几下，跳到最后一下才够着了，给了何冲的豪杰一巴掌。这样滑稽的场面只有在王榨才能出现，一个高大威猛的壮年豪杰，手持九节鞭，气势如虹，却被一个矮老头跳起来打耳光。

在王榨，打架就是这样一种巫术，它把老头变成青蛙，把九节鞭变成搅屎棍。

豪杰一下傻在那里。

他有点软，有点不明白。等他刚要硬起来，一抬头，却看见轰隆隆一片黑脑袋，足有五六十人，有男有女，有老人有小孩，手里也都不是空的，扁担锄头擀面杖，乱纷纷，熙熙攘攘，前后左右，东南西北，合了围。豪杰醒过神来一挥，却没了呼呼的风声，九节鞭的威风，被王榨一人一口吃到肚子里，然后又从牙齿出来，汇成了一句话：打他狗日的！

打他狗日的！

打他绝八代！打他个野鸟！骂声和人，织成了铜墙铁壁，有关人海战术、游击战、阵地战，埋伏进攻阻击，王榨统统都是无师自通，他们既英勇善战又胡搅蛮缠，冲在最前面的都是老头和小孩，老的老小的小，把豪杰团团围住，豪杰想要出手，却已转不动身，前前后后包着十几层，最前面的一层伸着手，二三四五层的也伸着手，后面的够不着，急着嗷嗷叫，跟孩子吃不着奶差不多。

九节鞭已经被缴掉，由火车就近扔进粪坑里。细铁和大眼一手握着切菜刀，一手捉着擀面杖，奋力挤进，一看形势，豪杰已被先头部队打得不像一个有武功的人了，只有等着菜刀割肉。

割人肉这种野蛮事情，王榨绝对不干，一是不够好玩，二是太残酷。他们就把菜刀撂下，只握了擀面杖。这二人一左一右，你一下我一下，像打铁似的打人，既有节奏，又有力度，而且还带了表演的性质，打一下，把擀面杖往背后藏一藏，再打一下，再藏一藏。

他们红光满面，似乎打的不是一个人，而是一块烧红的铁，火星四溅，炉火熊熊，热气流淌，火星不但映红了他二人的脸，也映红了全体王榨的脸，火星所到之处，就有声音说：问他还操不操王榨了。二人得到提词，连忙问道：还操王榨不操了？打一下，问一句：你还狠不狠！你狠还是我狠！操王榨，你有多大一条螺！

在王榨的打架史上，这是一次用人海战术战胜武功、以多胜少、以肉身对付九节鞭的战例。

土铳（一）

没有人怕死。就我而言，我觉得打架死比瘤子痛死好过。就老人而言，死都快死了，若不打架，又有什么活头！至于细铁哥，威风十足的一条汉子，不打架，活着没劲！

打死架的时候就要把土铳扛出来！土铳是我们明亮的大炮，每当我们把土铳从屋里搬出来，一首歌就会从铳口油然而出，“西边的太阳快要落山了，微山湖上静悄悄，弹起我心爱的土琵琶，唱起那动人的歌谣”，唱这歌的不是别人，而是我二皮叔。

二皮叔之所以唱起这首不相干的歌，肯定是把土铳当成土琵琶了。二皮叔是一个融会贯通的大师，他在把猪和人混为一谈的同时，也把土琵琶跟土铳混为一谈。但既然电影里至今没有一首歌跟土铳有关，不唱这歌又唱什么歌呢！月光下，五支土铳列队而立，修长、精干、乌黑，歌声缭绕，土铳摇晃，二皮叔把土铳一一来抚摸。

心爱的土铳都是二皮叔亲手装的。在农村，这是一件高难度的事情，相当于一个科学家造原子弹，一百个铁匠才有一个能造土铳，我们县的铁匠谁都造不出来，他们又笨又怕死，打猎的人要用土铳，只有上县城买，二百元一支。

二皮叔真是老天爷送给我们王榨的能工巧匠啊！他制好铳，又制炸药，制成炸药，又制铁砂。

我在隔壁，先是闻到铁的气味，然后又闻到硫磺和硝的气味，最后听见绿豆骨碌碌滚动的响声，当然那不是绿豆，而是像绿豆大小的铁砂。我想去帮忙，但二皮叔坚决不准，我每次都只好从墙头再爬回去。二皮叔造的土铳，在质量上，是一种波动或循环的态势。他制的第一支土铳，由于没有样板，看上去就有点像吹火筒和铁板绑在一起，铳杆又粗又短，铳把用的是一块熟铁片，这是二皮叔眼睛近视的后果，他站在村口，看到打野兔的人从大路上走过，肩上背的土铳一身溜黑，于是误以为铳把也是铁做的。

这样笨重的家伙，只好命名为“铁龟一号”。

到了第二支土铳，却又矫枉过正，铳把换成了桃木的，铳杆比筷子大不了多少，纤细小巧，气势上连气枪都比不过，二皮婶管它叫菜籽雀。菜籽雀是一种比麻雀还小的鸟，春天的时候出来，专门吃菜籽。百六九则把它称为“抽虫二号”，抽虫就是蚯蚓，这带有污辱的性质。

污辱也是一种激励。第三支，二皮叔励精图治，铳把用香樟木，打磨得油光水滑，铳杆有半人长，凛冽、精悍，强硬，铳膛则矜持神秘，你根本不知道里面隐藏着什么。整支铳的各个部位紧密相接，看不出任何过渡，就像一个精干修长的小伙子，英气凛凛站在你面前，阵阵森林的清香从香樟木做的铳把散发出来。这是二皮叔的巅峰之作，他把它命名为“香樟”。

继铁龟一号、抽虫二号和香樟之后，二皮叔又制成了阿四、阿五。

人一到了巅峰，心气就会下滑。二皮叔按照香樟的尺寸制作阿四阿五，重复劳动，没有了新鲜感和创造的激情，活也干得拖泥带水。二皮叔把做糖榨剩下的枫木用来做铳把，只刨了一遍，也不打光，铳杆和铳膛连接的地方，铁水勾得不匀，像长了一串死蚂蚁。但这些小节除了二皮叔没人在意，铳就是铳，又不是大姑娘，要什么好看，放一铳，铁砂飞溅，响声震天，就是铳的本事。铳的任务就是要镇住对手，看谁狠，看谁操谁。

一支香樟没有气势，但加上铁龟、抽虫、阿四和阿五，就有了阵容，阵容就是一种气，气能壮胆，一串又一串的气泡，在五支铳中间流动，带着铁，带着力，带着铁砂和炸药，源源不断地流入王榨的胆里。胆一点点变硬，硬得不像是胆，而是像一块铁，也不只是铁，还有炸药。这样的一只胆，就只盼着打大架的那一天。

土铳（二）

自从土铳造好，就一直放在二皮叔的柴屋里。这期间，除了阿四被细铁哥拿去打过一次野兔，就数抽虫二号使用率最高，被二皮叔用来吓鬼。根据我的经验，越是能工巧匠就越是怕鬼，因为他们的心比旁人要细，别人看不见鬼他们却能看见。二皮叔有一口鱼塘，靠近后山，鱼肥时节，二皮叔怕人偷鱼，要在午夜时分去守塘。

他坐在窝棚里，时不时感到后背穿过阵阵冷风，如果他朝后山张望，就会看到一团团白色的影子，飘飘荡荡地往下晃悠，这些人形还发出奇怪的声音，把二皮叔吓得半死。有了抽虫二号就不同了，即使铳里不放铁砂，炸药也少放一半，在鬼魅寂静的半夜，也是火光闪闪，威风凛凛。鬼一听见枪声，就以为是打雷，立即四散逃走，一眨眼就不见了。

抽虫二号就这样具有了实战经验，本来是不成器的东西，却生逢其时，得到重用。士为知己者死，抽虫一来劲，神气上就不再像抽虫，而是像香樟。它晚上跟二皮叔去吓鬼，白天在柴屋里傲视群雄，弄得香樟很是郁闷。可见怀才不遇的事在土铳中也常常发生，一个人，或者一支铳，以为自己有天赋，就理所当然被人高看一眼，这是多么幼稚啊！

打大架的日子快来吧！快快来吧！让五支土铳同时放响，让大家都有用武之地，让我们的骨头嘎嘎响，让我们的喊声响彻原野。天时、地利、人和，你们什么时候能碰到一起呢？

火光飞舞（二）

这样的日子像一只野兔，忽然就来到了，猝不及防。去年的正月十四，我们的二十几个人去亲戚家玩龙灯，回来的时候在岔路口碰上了别的村姓张的一队龙灯，事态马上就十分严重。

谁左谁右，谁高谁矮，这是两队龙灯相遇时面对的首要问题，关系到尊严、荣誉、运气、一年的收成、老人能不能长寿、出去打工能不能挣着钱、能不能瞒过计划生育超生儿子，等等。两队龙灯往同一个方向，右手是大手，左手是小手，举龙头的人还必须比别人高。

我们的龙头是细铁，他带领全队呼啦啦冲到了右边，细铁哥在部队当过侦察兵，动作麻利，身材瘦高，龙头在他的手里，张姓的队伍根本比不过。张姓的队伍，有四十多人，臃肿庞大，举龙头的虽不算矮，但比细铁哥胖，人一胖，手臂就短，队伍在左，龙头在下，一年的运道全完了。他们擒龙先擒首，一拳打中细铁哥。

嗡的一声，大架开始了。

正月里来好风光，两条龙灯来打架。一场混战在水渠边三岔路口公路上爆发了，你扯我来我扯你，四十多个人扯二十多个人，等于两个人对一个人。军情万分危急，事实上已经输了，王榨一年的运道眼看就要葬送。

王榨的女人们正在家里打牌，忽然天上掉下一个人，满头是汗，满脸是泥，泥上还有一道血印子，全身上下皱成一团，他慌慌张张，结结巴巴，他说，打架了，打输了。

呼的一下，女人们头一仰，眼一瞪，立马就变成了烈火金刚。烈火金刚们一人扛着一把锄头就跑，边跑边喊：打输了！赶快去！身后跟着全村男女老少，一支锄头扁担的队伍浩浩荡荡，像春天水渠里的水，半碗茶的工夫就到达了现场。

现场既滑稽又壮烈。

王榨的人，每个人的脸上都有一道血印子，看上去十分刺激，河堤的堤根长满了刺条，血印子跟刺条有关。血印虽浅，却在脸上，一见血，人就疯，青壮年接过女人手里的锄头，脸上的血印子立即鲜艳如花，明亮如火。锄头顿时轻盈如飞，形势大变，鸡蛋变成了石头，石头变成了鸡蛋，姓张的人，脑袋就要开花了！

张姓的脑袋不肯开花，打得赢就打，打不赢就走。

他们就近逃到下湾子村，下湾子村全是姓张的人，天下同姓是一家，下湾子村学习沙家浜，把被追打的人藏到了水缸里。王榨的鬼子进了村，人影不见一个，人藏在哪里？地道口在哪里？问一个老头是聋子；问一个小孩，往河边一指就跑了；问一个女人，说不知道。

王榨的鬼子气坏了。气坏了的鬼子一转身看见了姓张的龙灯，这龙灯就是人啊，姓张的，你躲得了人躲不了龙灯。王榨的几十双脚把张姓的龙灯踩了个稀烂，把撑龙灯的棍子也扔了，最毒的一招是让女人跨过他们的龙灯，所有在现场的王榨女人，跨过来，又跨过去。你们就等着倒大霉吧，狗日的张村！

细铁哥却不肯罢休。他被张村人打着了头，他非要打回张村人的头，这是打架的原则，关系到尊严。他拿着一把锄头，满村乱窜，急得跳脚。张村的那人害怕，从后门偷偷溜了，细铁逮着一个人就往死里打，一打就把人头上打出一个大窟窿，窟窿出来他还不放手。

这个半疯的人，把别人头上的窟窿当成了自己的窟窿，他头上的伤隐隐有些疼，额头上的汗流进了眼睛里，这使他感到是自己头上的窟窿流出了血，他觉得自己快要死了，死就死，这绝八代的，老子剩最后一口气也要把仇给报了。窟窿和窟窿连成一片，血和血连成一片，锄头变成了水流星，人变成了陀螺。

下湾子的人都在喊：要不得！再打就打死了！有英勇的人，趁机抱住了半疯的细铁。下湾子把打破头的人送到马连店医院，不敢收，连夜送到县医院。又出两个人谈判调停，王榨的鬼子才回家不打了。

水缸、柴房、牛屋，张姓那边躲着的人探出头，头上顶着稻草秆，身上一股牛屎味。他们不敢声张，偷偷买纸，扎了新的龙灯，回村路过王榨的时候连锣鼓都不敢敲，生怕我们知道。

不说话，不声张，
连夜买纸扎龙灯，
不敲锣，不打鼓，
路过王榨缩着颈。

生活真是艺术的土壤啊，我们兴奋得彻夜难眠，聚在一起，顺口溜油然而生。

童谣还没唱热，一个严峻的消息传来了，正月十五一早，张村就扬言要来一百多个人打架！怎么办，不害怕，全民皆兵齐上阵，拿锄头，拿叉子，拿钉耙，拿冲担，菜刀扁担擀面杖，打得张村稀巴烂！

这听上去有点像快板书，由三五名头扎小辫的女兵，站在队伍经过的路边，脆生脆生地念出来，名曰战地动员。如果对这种场面一无所知，估计你小时候不是生长在美国，就是生长在南极洲，从来没在本土看过电影电视剧。

事实上就是这样，听说有一百多号人要来打王榨，全村人都武装起来了，除了锄头叉子钉耙冲担菜刀扁担擀面杖，木工的凿子，瓦匠的砌铲统统都拿了出来。儿童们则人手一根筷子，准备捅对方的眼睛。

我们像乌云一样滚动，一团一团滚到稻场。突然，我们眼睛一亮，稻场的中间站着细铁和二皮叔等人，五支土铳，乌黑明亮，稳稳地握在五个人的手里！土铳，我们的太阳！伟大光荣正确的土铳啊，你是我们的力量、我们的铁、我们的血，光芒万丈的土铳，在乌云簇拥中升起，镶着金边，映照着我们的笑脸。

香樟、铁龟、抽虫和四五，它们早已融为一体，不分优劣。一场真正的大架就要开始了。“赶快上山吧勇士们，我们在春天里加入游击队，敌人的末日即将来临，我们要获得自由解放。

不管风吹雨打乌云满天，我们歌唱我们战斗，战斗战斗勇敢地战斗，我们将要获得自由解放。”二皮叔除了是一名能工巧匠，还是一名内心有激情的人，一名英雄主义者和理想主义者，他内心回荡着上个世纪七十年代阿尔巴尼亚电影《宁死不屈》的插曲，歌声从二皮叔制作的铳口出发，响彻在王榨的天空，向着太阳飞去，又从太阳飞回来，停在稻场上，连稻草都感染了，稻草和孩子们跟着唱，赶快上山吧勇士们，弄得现场气氛跟歌星演唱会差不多。

但张村还没见人影。

大家决定，朝张村的方向放铳。五支土铳，各放一铳，又同时合放一铳。

顿时晴天霹雳，惊雷滚滚，巨浪滔天，雷公在王榨的头顶站立，一个压着一个往张村的方向滚动，好像有成千上万的兵马，从天而降，直取敌阵；又像稻场顶上有一个大海，一声铳响，大海呼啸，无数个浪头飞奔。王榨的每一个人，都觉得自己变成了惊雷，他们呼呼地从稻场飞驰上天，像闪电一样翻着跟斗，接着他们又变成了浪头，头对头脑对脑，连成一片，针插不进。

张村啊张村，你们来吧，你们怎么还不来！

张村终于来了，来的不是一百多，只有几十个人，来得太少了，实在太没意思。最后没打成，人人觉得可惜。当天传唱的顺口溜如下：张村人，胆小鬼，怕土铳，尿裤子。

火光飞舞（三）

有关打架，只赢不输也不够好玩，当然这是我们村女人们的看法。

腊月二十六，细铁大眼他们去河儿嘴要债，结果被人包了馅。大眼被一帮女的赶到烂泥田里，把脸抓破了；细铁被人按在地上打；细胖被人追到田岸上，正要往上爬，结果让人用雨伞的尖尖把屁股捅了个窟窿。三类苗整天病恹恹的，一说打架就来劲，这次被人赶进了街上的女厕所，本以为女厕所人家不敢进，结果人家追进去，抓着就打，打也打不重，就是狼狈不堪。

这样一幅百丑图，在王榨的打架史上实在是锦上添花，女人们一提起来就笑得东歪西倒。外人如果要听这个故事，就得特别有耐心，因为她们一讲就笑，笑得谁也说不下去，故事支离破碎，你越听越不得要领，她越讲越喘不过气。

有关前因后果，还是我来告诉你。前年正月初六，细铁和他弟到离王榨二十多里的村子给他亲爷[①]拜年，骑车去，在马连店中学门口被一辆“神牛牌”拖拉机撞了，撞断了腿骨，送到马连店医院，治不了，又送到县医院。在县医院接骨，上了钢筋，回家养了半年，骨头长好了又到县医院把钢筋取出来。治

① 亲爷：爸爸的朋友，相当于把兄弟。

病的钱都是细铁出的，后来打官司，要对方赔两千五百块，对方一年都没赔。到了腊月二十六，细铁领了二三十人到河儿嘴去找人。他们手里没拿家伙，在马连店租了三辆三轮车，准备去要债，要不到就拉东西。他们一到，就把那家的大人小孩按住，剩下的人往三轮车上搬东西，桌子椅子不要，粮食也不要，只搬电视、自行车、录音机。

正在搬，那家女的挣脱了，跑到街上使劲喊。河儿嘴有一条十字街，那天正好赶集，人很多，一听喊，赶集的人全跑来帮忙打架，足足有二三百人，细铁他们就被人包着馅打。

这十几人狼狈逃窜，回到村里谁都不吭声，只说屁股上的窟窿是坐着了一根大铁钉，脸上的抓痕是刺条刮的。女人们就当他们到马连店赶了一场集。晚上来了一个女孩，家在河儿嘴，在深圳打工，来王榨会她的工友。一进屋就说，都说王榨打架全县第一，怎么这回挨打了，被人包了馅。全体女人顿时被挠着了痒处，兴奋得像雨前的蚂蚁，纷纷把男人们找来审问。整整一个晚上，男男女女，讲一阵，笑一阵，根本睡不成觉。

笑了一夜，还是不服。

第二天是腊月二十七，大家都要赶集买菜，准备二十八还年富[①]，河儿嘴的人上马连店赶集要经过王榨，一场伏击战从天而降。同志们以逸待劳，顶着窟窿，脸上带着道道，埋伏在路

---

① 还年富：王榨年俗。

边。寒冬腊月，北风那个吹，大家冻得直跺脚。我们像盼亲人一样盼望河儿嘴的人，脖子又酸又累，脚又麻又冻，狗日的河儿嘴，从上午到中午，一个人影都不见，眼看又要成笑柄。一直到下午三点多，才见一个河儿嘴的人路过。

这人却不是撞伤细铁的人，冤有头债有主，打亦有道，不该乱打。细铁没有打，大眼和细胖也没有打。但大眼和细胖把那人的衣服剥光了，只剩一条裤头，寒冬腊月，让人光着身子站在路边。他们看着那人，身上的皮色先红后白，然后变紫，再然后变乌。等到变乌的时候他们认为可以了，把衣服给他披上，各自回家。

春天，水中的滑梯

年一过完，无聊的日子又开始了。但今年的无聊比往年更无聊，是无聊的平方，当然这话是学智哥说的，学智哥没考上大学，整天在家赋闲，赋闲也是他说的。我之所以出口成章，除了学智哥的熏陶，主要因为我脑袋里长了五个瘤子，瘤子是文明的结晶，它早晚要置我于死地。

但在我死之前，春天来到了。

草绿了，地菜可以吃了。先是柳树发芽，接着刺槐、泡桐、杉子树，一下都长出了叶子，到处绿茸茸的一片。城里人一看，就像猫看见了鱼，黄鼠狼看见了鸡。猫和黄鼠狼你追我赶，到郊外踏青，嗅嗅草，闻闻花，扯几根树枝，他们觉得这样比较浪漫。

但我奶奶和安南爷有另外一种浪漫。

他们把稻种翻出来，用热水泡，泡了就放进蛇皮袋里，在家门口挖一个坑，用稻草把坑烧热，再放稻草垫着。然后把稻种和蛇皮袋一起放进坑里，又放一层稻草，再盖一层地膜，最后撒上一层土，人造温室就成功了。第二天他们挖出来一看，冒了白芽，又泼烫手的水，又埋进去。下午又去看，又冒了白芽，这时又往上泼温水。

这件事听上去不像是劳作，而像是捉迷藏。

蛇皮袋、挖坑、撒泥、地膜、看芽，还动不动就用烫水浇。如果王大钱有商业头脑，完全可以开发一个叫作“农家乐”的旅游项目，供城里那些一辈子没见过种地的人来照相。

此外我奶奶和安南爷还要泡高粱和玉米的种子，用一只大碗，放一碗热水，泡好了就放在窗台上。然后到麦地里除草，扯野麦子喂猪，此外还要跟各种屎尿打交道，猪屎牛屎人屎鸡屎鸭屎狗屎，这一堆屎说下来，的确比较嬉皮，不够严肃，但写到这里，我认为王榨有一种嬉皮精神，这是我们村比别的村好玩的地方。

有关屎，如果一个人只有三岁，他会认为这是一件比较好玩的事情，但一个人到了五十岁，就会觉得这是一种责任，如果是十几、二十几、三十几、四十几岁，则坚决认为是一种委屈。所以青壮年都外出打工去了，只有我奶奶和安南爷这些又老又有责任感的人在种地。

春天使我想起妞儿。

草一发芽我就听见妞儿吃草的声音，马鞭草，趴在地上长，每节都长着根，它用嘴一揪，叭叭叭叭，一连串扯起来。我估计，牛吃马鞭草就跟人啃甘蔗一样，牙齿磨得锋利，口腔里充满甜汁。

这个啃甘蔗的家伙，失踪快半年了。但愿它变成牛精，具有人的脑子，牛的身体，既能听懂牛话，也能听懂人话，即使它落入人的手里，也不会被杀掉。

我愿它像一匹马，死在一个没人知道的地方。妞儿啊妞儿，如果你成不了牛精，你就变成一匹马吧，一匹黑色的马，夜行昼伏，毛色长得跟黑夜一样，不容易被人发现，人不是好东西，迟早要灭绝。你要沿着神农架、武当山进入陕西，到了陕西你不要去西安，西安集大人多，只有羊肉泡馍没有草，你要沿着终南山华山过渭河，然后走韩城宜川延川绥德米脂到榆林，到了榆林你就好办了，但你不要往西，西边是沙漠，你要沿着长城走，一直走，过了神木府谷就到内蒙了，电视上说，内蒙的草原也不行了，锡盟已经长了沙子，只有呼伦贝尔草原还像个样，那里草肥水美，牛羊成群，天苍苍，野茫茫，风吹草低，是牛的天堂，马的故乡，骏马行千里，雄鹰飞蓝天，妞儿你要走就走西口。

其实是我自己想变成一匹马，跑到内蒙去，但我已经没有力气了。

在春天到来的时候我再次感到走投无路，火车电死了，三躲不见了，四丫姨喝了农药，妞儿如果没有变成一匹马，怕是早就被人算计了吧。但如果我从早到晚想不开，离死就不远了。

最早振作起来的是我腿根的那个东西，它居然发芽了，像草一样，长出了几根毛，而且，没有像泡稻种那样用热水泡，它自己就胀了起来。

我走着路，一阵暖风吹过来，我就感到它发热，发胀，变沉，好像谁在我裆里挂了一只刚刚从锅里拿出来的煮鸡蛋，走路晃里晃荡的，还得小心不要走成内八字。这时候如果碰到百六九，他就会站停在路边，眯着眼睛看我，半笑不笑说：大头，长毛没有？我觉得他不是一个高尚的人，太低级趣味。但如果碰到二皮叔说同样的话，我则会产生另外的想法，觉得二皮叔有赤子之心，待人有真性情。

在清晨，半醒不醒的时候，我腿根里的东西比白天还烫，好像有人要打铁，用炭火把它烧红了，它本来是扁圆的，却要打成一根像捣芝麻的杵。空中有两把大铁锤，对着我的腿裆一起一落，打得我生疼，那东西自己跳起来翻个，越翻越结实，又烫又硬，像真正的铁一样。我用手去握，吓了一跳，它不知什么时候长大了，这使我一下想起禾三叔跟线儿在畜牧站的情景。又烫又硬又胀又疼，我想找一个软的地方进去，妞儿好像知道我的心思，它水汪汪的眼睛在黑暗中看着我，它说其实我没有走远，我就躲在水里，水是我最早的故乡，你来世变成一头水牛吧，你死了以后就变成一头水牛，我在水里等你，我带你到水的每一个角落去，水里也有稻草垛啊，水里的稻草跟棉花一样软，我们躺在上面，你就进到我的身体里面吧。

妞儿的说话方式有点像一个淑女，但它两腿之间又红又肿，像去年秋天那样流着黏液，秋天的时候我还不够硬，进不了太深的地方，如果是现在，就不同。我闭着眼睛看到了它，它的尾巴已经偏到了一边，那地方像一朵肥厚的花，流着蜜，我尝了一下，是甜的，我慢慢地进入，温暖湿润，我的身体一下变轻，跟妞儿一起飞起来。

突然呼的一下，我从天上掉了下来，妞儿也不见了，花和蜜，跟着走了。我感到两腿之间有一股黏糊糊的东西，石灰和青豆混杂的气味直钻进鼻子。我知道，这是跑精了。但妞儿肯定没有走远，我要去找它，它说它在水里，我忘记问它是哪里的水了。

我闭着眼睛往前走，脑子里的瘤子十分活跃，它像雷达一样发出超声波，波纹一圈一圈地从我的瘤子出发，罩住了我的床，我的奶奶，我家院子里的苦楝树。我跟着波纹走，一会儿就到了水里，这些水不像春天的水，春天的水冰骨头，像长着针。水漫过我的头顶，从我的鼻子进去，又从我的屁眼出来，而我的眼睛像戴上了一种镜片，水中一会儿暗蓝，一会儿微金，好像到了电视里的夜总会。

等我适应水中的行走之后，我发现自己正走在一条水筑成的楼梯上，我一步一步往上走。我比水还轻，走在上面就像走在水晶上。

过道很安静，一个人都没有。两边有真人大小的花，一排是玫瑰，一排是牡丹。花是水长成的，用手一摸，却又是真的，质感和气味，跟我在县城的一家鲜花礼品店看到的一样，只是颜色各各不同，一朵金黄，一朵紫红，一朵奶白，一朵浓蓝，一朵淡粉，牡丹也如此。

水在流动，气氛妖娆，是否每一朵花就代表了一位小姐？我摸了摸金牡丹，一股红烧肉的气味从花蕊里散出来，这使我弄不清自己是肚子饥饿还是腿根饥饿。我又摸了摸紫牡丹和白牡丹，先后有一股干煎鲤鱼的香气和一股娃哈哈的奶香从它们的花心里喷出来。

但我不知道怎样才能进到白牡丹里面去。或者，像某种高人或道士，撞墙！我脑子里的瘤子一闪，于是头一低，照着水墙猛撞过去。

一阵黑暗和啸声过后，我发现自己站在一个多边形的房子里，每一面墙都是月光的颜色，半暗半明，墙上的人影隐隐约约，看得不太清楚。各面的牡丹花朝我走过来，带着一身的娃哈哈气味，她们说，大头，你怎么到这种地方来了。我一听，原来是三躲的声音。

八面都是水镜子，所以看上去有八个三躲，事实上，三躲只有一个。我使劲闻了一下，她身上的红薯味还没有完全消失。我朝散发着红薯味道的白牡丹转过去，看到她身上披着半透明的水纱，里面完全没有别的衣服，在月亮的光线下，奶坨子又高又白，饱得像两个大水桃，腰很暗，腿间就更暗，我不知道那里什么样，是不是跟妞儿一样，有花和蜜，流着腥甜的水汁。我的心狂跳起来，身上变热。三躲知道我想要什么，她把披着的水纱往下一甩，全身一下就光了。我像被人当头打了一棍，心跳到瘤子里，瘤子蹿到胸口上，但人完全木着，一动不动。三躲在水中靠近我，她的奶坨子碰到了我的脸，就在碰到的那一瞬间，她像水中的影子那样变碎了。

香　气

我四处游逛。油菜花又开了，下湾子的一个女人得了花痴，家里人看不住她，她到处跑，把衣服脱光了钻进油菜地里。她把油菜花摘下来插在头上，边插边唱，唱累了她就吃花。她叉开腿坐在地上，一大把花一起往嘴里送，腮帮子鼓得像塞进两个肉包子。有时她又很斯文，翘着小兰花指，像绣花一样把花瓣揪下来。比较好看的是她把油菜花整枝折下来，像逗鸟似的逗自己玩，她伸着舌头，把菜花一下一下舔湿，菜花本来是鲜黄的颜色，沾上了口水之后就变成了金黄，这跟一个女子被生人亲了嘴就脸红一样，金黄色的菜花红着脸说：讨厌。这种打情骂俏的方式使气氛变得有点暧昧，于是花痴更加迷乱，她本来就光着身子，低头一看，奶坨子发着光，含情脉脉，于是她对自己的奶坨子说：小心肝，让我亲亲你。她把油菜花往那上面撩来撩去，撩一撩，挺一挺，再撩一撩，再挺一挺，她把自己逗得全身发胀，气喘不匀，皮肤上的毛孔，一个一个，全都张开了，里面出来一些水汪汪的东西，有点香，有点黏，还有点害羞。女人害羞地躺在油菜花上，把油菜花放在腿间摩擦，她的腿一会儿叉得大大的，一会儿又夹得紧紧的。花瓣落下来，粘在她的身体上。

她又用手撩自己。

她张着嘴，闭着眼，手指在温暖湿润的缝隙中摸索游动。

春天的风从大河一路吹过来，裹挟着广大的油菜花，浩浩荡荡，从她下体的开口处进入，犹如千军万马。春气使她的肉体胀鼓鼓的，一会儿飘到了天上，一会儿又颤抖着坠地。她像一只风筝那样发出了猎猎的风声，她的腿间有一点疼，又有一点凉，温热的水充满了她的手指，但她知道，这些水就是那根把她变成风筝放上天的线。她无力地憋着劲，想让自己飞得更高，她躺在油菜地里，觉得自己在天上晃悠，她绷着腿，向着春天晕乎乎的太阳飞去。忽然，她像乌鸦一样“啊”地叫了一声，她的手脚像着电的青蛙那样抽搐了几下，然后瘫在了那里。

这像一场“跳开放”吗？或者叫脱衣舞。如果我是王大钱，或者四叔，如果我有花不完的钱，我就组建一个歌舞团，叫“七仙女”，把“七姐妹”团的原班人马统统聘来，可惜小梅死了，如果没死，她就是“七仙女”的头牌。还有小秋小孟，统统招来。我要把跳开放的舞台，装在油菜花地上，或者把油菜花当作必不可少的道具，铺满舞台。

一个年轻的女人，在春天的油菜花地里，全身上下，一丝不挂，头上飞着蜜蜂，身上沾着花瓣，阳光一照，像身上贴着金箔。我要让她把金黄色的花瓣贴在要紧的部位，把奶坨子和下面全都遮住，看上去像穿上乳罩和裤衩。由于出汗，花瓣就像长在身的皮肤，怎么蹦跶都下不来。指甲盖也贴上了油菜花，肚脐眼也贴上了油菜花，太阳一照，她身上的金箔和地上的金箔交相辉映，既像电视上新马泰的舞女，又像一个油菜花精。

这样的舞蹈可以称作菜花脱衣舞，或者，干脆就叫“花痴舞”。

全世界的脱衣舞都比不过！

在我看来，女人发花痴的时候比较爽。

我希望普天下的女人，在油菜花开的时候，人人都变成一名花痴，当然，像我奶奶那样老的就算了，像线儿和双兰那样的都可以。

春天一到，春风一吹，油菜花呼啦啦地开放，像着火一样，它们的手手脚脚都伸到了阳光下，摇着摆着，勾勾搭搭，兴高采烈，纷纷说道，花痴又要来了！在夜里，油菜花的窃窃私语声被夜气放大了好几倍，传到村子的上空，停在每家院子的树上，听起来就像平白无故来了一群马蜂。

只有那些前世是花精的女人听出了名堂，她们身体里的马蜂开始苏醒，一醒就蜇她们的骨头，骨头一痒，血也跟着痒，血一痒，就没命地跑，赶着跑到她们的胸口和腿根，弄得她们全身胀鼓鼓的。

然后她们就搞不清楚她们到底是人还是马蜂，她们用马蜂的眼睛看丈夫孩子，以及，家里的锅碗盆勺咸菜萝卜，看过之后全都觉得怪怪的，不可理喻。同时她们感到身子骤然变轻了，呼的一下到了空中，又呼的一下到了油菜地。到了油菜地，她们重新又变回了女人，一个一个，把衣服脱得精光。狂欢开始了，人花交融，热血沸腾，你中有我，我中有你，又有尖叫，又有低语，又有浪笑，又有哭泣，金光闪闪，涕泪滂沱，有点香艳，又有点腥甜。一支歌曲从油菜地里升起，啦呀啦，啦呀啦啦呀啦，啦呀啦啦呀啦，啦呀，啦呀啦，啦呀啦。

如果全体女人都发花痴，那就不叫发花痴，而叫发花瘟。我们这一带有发猪瘟、鸡瘟、鸭瘟，也有发老人瘟和小孩瘟，但从来没有过发花瘟的，如果大家都发花痴，这世界末日就到了。

在我看来，发花痴是通往自由的道路，正如我的瘤子，是通往死亡的道路。

一个女人发了花痴，她就获得了解放。但这条自由之路不够好走，主要是名声不好听，自己把衣服脱光了给别人白看，这实在是前世造孽，连婊子都不如。所以当了花痴就要独步天下，把众人的下流都不放在眼里，把一切都视而不见，只知道天人合一，除了自己的身体之外，每天只看油菜花。这种流派现在被称作身体派，这是我脑子里的瘤子告诉我的。

在我们家附近，纯粹的身体派根本就没有，下湾子的花痴除了春天，其余的时间都很正常，每天晚上都规规矩矩地在家，男人要睡觉，她就让他睡，男人睡腻之后，她就去打麻将。

线儿和双兰，有人把她们叫作半花痴。下湾子的花痴只有油菜花开的时候才能见着，线儿和双兰，她们的故事常常在门口人多的地方流传。有声有色，谁都像亲眼看到了，但王榨除了我和百六九，没有一个人是窥淫癖。

祖先认为，如果人人都是窥淫癖，大家就会生活在恐怖之中。女人倒无所谓，大不了让人家白看一回身子，而且女人大多有裸露癖，越是美女越希望人家看见。如果我是美女，一辈子不让老公以外的人看见一次身子，我也会有怀才不遇之感。

所以美女洗澡（或拉屎）的时候被人偷看，往往是大声尖叫，这种尖叫充满快感和得意。丑女就不同，她们吐唾沫。但不管美丑，不管在地里还是在床上，被人看见了也没什么实质上的损失。男人则不同，正在快活，突然看见墙缝里有一双眼睛，立即就会软掉。惊吓过度，还会落下病根。

民间通过咒语（谁看见谁就会倒大霉），限制了众人窥淫的天性。于是我们村的窥淫癖统统变成了口淫者，有关口淫，不是一种动作，而是一种状态，口头淫荡的意思。

春天：妖精和唐僧

在春天，我四处游逛。看过了花痴之后我也想当一名花痴，但我不知道男花痴是怎样的。我从麦地逛到油菜地，从王榨逛到马连店，逛到何冲和河儿嘴，眼睛都晃花了，还是没有看见一个男花痴。在我的想象中，男花痴不能随便脱衣服，他最多只能脱裤子，看见喜欢的女人，就把裆里的东西冲着她。但我裆里的东西不够好看，除了要跟女人睡觉，我绝对不能随便脱裤子。

双兰好像知道我想当男花痴，她锄麦草的时候屁股撅得老高，还当着我的面把外套脱了，露出桃红色的紧身棉毛衫，全身的肉都在乱抖，颤颤动动的。

我路过麦地的时候她冲我喊：大头哎，去哪儿玩，不跟你嫂子玩两下？看见她的紧身棉毛衫我有点脸烫，她的眼睛尖得像猫头鹰，隔着好几丈都看见了。她又冲着我大声说：脸红啦，想你嫂子了吧。

隔着两块地就是我奶奶，远处还有安南爷，我害怕他们听见，赶紧溜走了。

但是到夜里，我两腿间的东西还是像烧红的铁那样又硬又烫，血在身体里乱窜，那些蜇过花痴的马蜂来到了我的蚊帐里，它们都是些鬼精，知道我想当花痴，所以连夜就赶来了。

这些在空气中看不见的马蜂，它们使我更加饱受折磨。去年我还没这么难受，那时候有妞儿，妞儿虽然是一头牛，但那是它的外表，它那里面完全是女人，柔软、温润、滑腻、潮湿。我在梦中看见妞儿，妞的屁股上面长着双兰的脸，但这都不能减轻我的痛苦。一个人，他身体的一小截，又胀又硬又疼，发着烫，像点着了引子的炸弹，引子“刺刺”地响，但就是不炸，炸不开，所有的力都憋在里面，你冲我撞，自己冲自己使劲，拧来拧去，成了麻花。我用手一碰，烫得我直龇牙，但没有办法，我想着我的手是妞儿，我既是我，又是妞儿，我和妞儿在我的两腿之间拧成一团麻花，我把我自己慢慢地炸开，如果我想要快，手上就猛一点，如果要慢，则相反。我握紧自己，憋着力，也憋着尿，我把身体里的马蜂集中到我的裆里，让它们当炸药，它们越来越多，我越来越胀，然后我一使劲，轰的一下，全身都炸开了！我听见我的骨头呼呼直喘气，马蜂消失了，麻花也没了，我又累又舒服，很快睡着了。

有许多个晚上是这样过来的。在另外一些夜里，身体不胀的时候，我脑子里的瘤子浮想联翩，想法像河里的鸭子，一个接一个地游来，青灰色的大河，黑灰色的鸭子，它们吹着口哨，比真正的鸭子大好几倍。其中的一个鸭子是什么？是南瓜。

我要把南瓜当成女人的身体吗？我要用南瓜来解决我的问题吗？

我不知道。但南瓜的确像她们的屁股，而且在我家的柴屋里就放着许多。这不能怪我的想法下流，万物平等，万物有灵，这是知识分子学智哥教导我的说法。学智哥的书里有这样一些东西，我不用看书，天生就知道。

我决定要做这样一件事。把最漂亮的南瓜洗干净，在硬壳上凿一个洞，它里面的瓜瓤十分茂密，毛茸茸的，散发出清甜湿润的气息，甜蜜而乖巧的南瓜，我的第二个新娘，我将用一块红布把它盖上。等到半夜，夜深人静，我把红布掀开，掀起你的盖头来，让我看看你的脸，你的眉毛黑又长，好像那天上的弯月亮。然后我从它的洞口进去，停留在瓜肚里。接下来，我要做一个有情有义的人，有始有终，把它埋在我家院子里的苦楝树底下。

但这不是真的。南瓜从我的脑子里滚滚而过，发出空洞的声音，天一亮，它们就消失了，从我的脑子，回到了柴屋。

我决定找到我奶奶藏钱的地方。

自从我治病和喝娃哈哈用够了三万块钱，我奶奶就不再给我钱了，这时候我爸也因为犯事进了监狱，再也没钱了。按照百六九的说法，我花够了三万块钱就会死掉，然后到天上给神仙当道童。我生日那天就花完了最后五十块钱，到现在都半年了，我不但没有死，头还不怎么痛了。百六九说，是天上的神仙改变主意了，让我多活几年。我奶奶半信半疑，她闲下来就捧着我的头看，她眼睛花，看不清楚，一会儿看我头小了，一会儿又看我头大了。她看得眼泪直冒，边擦眼泪边说，我伢有救了，菩萨显灵了。

白天她下地之后我就在家里巡睃，我一会儿当猫头鹰，一会儿当耗子。这两种动物都是夜间出洞的夜精，我家窗子不透亮，白天也跟晚上差不多，衣服、帽子、竹竿，乱七八糟的东西挂在墙上，这使屋子里看上去像黄昏时分的树林。我东张张西望望，不知从何下手，如果我是侦察兵，那肯定，在森林里不是被敌人抓住砍头，就是迷路饿死，最后被蚂蚁吃掉。

我问脑子里的瘤子：奶奶的钱藏在哪里？

瘤子说：我又不是雷达，谁知道在哪里。

我只好又重新当回猫头鹰和耗子。我先从墙缝开始，鼻子对着墙砖，手里拿一根树枝，又敲又捅，碰到一块松动的砖头，就像猫头鹰看到了死耗子，或者是耗子找到了花生豆，砖头抽出来，什么也没有，空欢喜一场。摸过了砖头之后我就爬进床底下，床底像一个山洞，我一进洞就撞到了一面蜘蛛网，蜘蛛丝、灰尘和虫子的尸体粘到我的脸上，呛得我透不过气来。

奶奶的破鞋烂袜统统堆在床底下。我掏了棉鞋，又掏布鞋，掏得嘴脸全是灰还是什么都没有。挪过了桌子又挪凳子，翻过了箱子又掀床，枕头底床垫抽屉肚桌子腿，墙上挂的衣服口袋地上摆的罐子。它们跟奶奶一条心，跟我不是一条心。

忽然想起村尾的罗婶，她把钱藏在了稻谷里，家里人把稻谷卖了，里面的钱也一起卖掉了。她一哭，大家都知道了，稻谷里面藏着钱。

稻谷，稻谷，电光一闪，稻谷降临。

我像被大风狂吹的稻谷，翻着跟斗，一翻就翻到了自家仓。仓在院东的空屋子里，仓门并我的胸高，芝麻，开门，稻谷，开门。我搬来凳子爬进去，稻谷金光闪闪，宝藏就在里面。春天了，稻谷吃掉了一半，剩下的只到我的膝盖，最多还有三担，我心中一阵喜欢，扎进去，用簸箕猛抡。稻谷这时又变成了讨厌的东西，它们每一颗都长得一个样，分不出谁是谁，我搞不清楚哪些翻过了，哪些又没翻。我精疲力竭，把自己和稻谷统统都弄了个七仰八翻。

我没觉得双兰跟人睡觉要钱有什么不对，要我是女的，我也要人钱。但我不知道她不要我的钱，更不知道在她的眼里，我跟唐僧有着同等价值。

我没找到钱，内心郁闷，好像脑子里的瘤子也凭空重了好些。但我从麦地经过的时候，双兰忽然叫住了我，四周无人，麦地跟荒地也差不多，王榨跟唐僧取经路过的地方也差不多，白骨精第一次变成一个妙龄女子，就这样出现在唐僧眼前。

春天：妖精和唐僧（二）

双兰有点胖，也不够妙龄，但四处无人，她就是妖精。

不是妖精她又是谁呢？她笑吟吟，半眯着眼，身上的棉毛衫一片桃红。她说：大头呀，快来帮我一下。她说她眼睛里进了沙子，让我帮她吹吹。我走过去，刚站稳，就感到有一种麻酥酥的风罩住了我，好像是一种电，但又不是电，一会儿凉，一会儿热。

我的脑子嗡嗡响，好像马蜂又来了，但不是停在我的身体里，而是停在头顶的空气中。它们是谁？从哪里来？到哪里去？这是学智哥他们这些知识分子要考虑的问题。

天阴了，夜色从四处走来，妖精还在，悟空不见踪影。我听见双兰说，大头你愣着干什么，发傻了？她拿起我的手，往她脸上放，我手一缩，正好打在她的奶坨子上，她的奶坨比金箍棒还厉害，一下把我打懵了。电和火，同时从手上蹿到全身，从瘤子蹿到指甲，全都火辣辣的，空气一下张开了，一下又收紧了。一片混乱之中，双兰说，你别这么慌慌张张的，晚上到我家去。听到这话我又愣住了，我觉得有一件重要的事情没有跟她说，我使劲想，瘤子也使劲想，但脑子像一片浑水，那件事怎么也浮不上来。

双兰说，你别发愣了，我可要走了。她的桃红衫变得有些灰，越来越灰，眼看就要不见了。我一着急，把要紧的事想了起来。

我追上去，说：我没有钱。双兰噗的一声笑了起来，她问：你是童男子不是？我犹豫着，说是，她像捡了宝似的又笑开了。她拍拍我的脸，又捏捏我的胳臂，说：童男子最补了，大补，知道吗？跟唐僧肉差不多，知不知道？放心来吧，不要你的钱。

妖精走了，唐僧留在原地，夜雾四起，妖氛弥漫。

双兰的屋子在半山腰，在夜晚，恰似妖精的庙宇。一个农妇与一个妖精的距离有多远，一个大头与唐僧的距离就有多远。但我乐意置身于妖精与唐僧的感觉之中，妖精是对男人永远的蛊惑，对一个童男子，则是蛊惑的立方。

蛊惑、刺激、迷茫，心醉神迷，跟撞上鬼差不了太多。

大鬼小鬼托着我，我身轻如云，忽悠忽悠的，像坐在轿子里，抬轿的大鬼小鬼一颠一颠的，把我颠得昏头涨脑，鬼们长得跟老鼠一样，走在前面的是钟馗，他穿着大红袍，戴着古代的帽子，两只耳朵伸出来，像两片树叶。如此看来，这个场面跟“钟馗嫁妹”差不多，既然我是童男子，这个晚上就有出嫁的意味。

我深一脚浅一脚，由大鬼小鬼推着走，上山坡，过水涧，红高粱，绿麦苗，妹妹你大胆地向前走哇，向前走，莫回呀头。青蛙叫，虫子跳，树叶儿遮窗棂。我一推门，门就自动开了。妖精有点胖，穿着红衣裳，唐僧不说话，心里怦怦跳。童男子脑子一片空白，有眼不能看，有耳不能听，有口不能说，手手脚脚，一会儿自己动弹，一会儿自己又不动弹。

妖精的身体，扭得像条蛇，蛇一脱皮，变成了白蛇，白蛇胸高腰细，头尾妩媚，她一呻吟，花就开了，她再一呻吟，叶子也开了，花也肉乎乎，叶也肉乎乎，皮和肉都闪着光，散发着湿气。妖精好像全身都在发出声音，水流的声音，风动的声音，在身体的深处，搅成了一团，又像叹息，又像喘气，水声越来越大，风声混杂其中，飞流直下三千尺，疑是银河落九天。童男子也要脱皮，他手脚僵硬，不得要领，妖精帮他脱了一件又一件，终于，细皮嫩肉，跟唐僧完全没有两样。

在哪煮来吃呢?

在床上，床就是一口大锅，熊熊的烈火在身上，血也是火，肉也是火，连骨头都变成了火，两个人身上的火加在一起，火光擦亮了双方的眼睛，他们互相看见了对方的身体。

在黑暗中，女人看见男孩的两腿间闪着淡黄色的光，男孩看见女人的乳房一会儿金黄，一会儿月白，她的腰部是一种紫色，像茄子花和豆角花，再往下，是蓝色，像长着一片蚕豆花，两腿间的毛毛，跟油菜花一样夺目，金黄耀眼，胳臂是麦子花，白色的，手指是黄豆花，紫中带蓝，脚指甲是蛾眉豆，红的和白的，参差妖娆。所有的花都长在了她的身上，丰腴茂盛，郁郁葱葱。蚕豆花茄子花豆角花，她们统统笑着，闪着光。

水声从花的深处再次响起，茂密的花朵闪开了一条路。光着身子的大头，向着开口的地方飞去，他忘记了唐僧，也忘记了妖精。他感到一股不知从何而来的水流，裹挟着他飞快地旋转，一直升到空中。

喇　叭

我站在门口等着看妓女。大伯家的五哥到海南打工，带回来这个女的。他们说她是妓女。王榨管妓女叫婊子，但我觉得叫妓女比较文明，叫婊子则带有污辱性，是骂人的话。

这是我看见的第一个妓女，我觉得她跟别的女人没什么两样，甚至比别的女人还勤快些，她不打牌，不串门，有时候还找木珍借书看。她不怕晒，下地连帽子都不戴，也不怕脏，跪在地上种玉米，弄得衣服上全是土。但如果她跟五哥去马连店，就打扮得跟大城市里的人一样，走路也跟城里人一样。

妓女都是烂货妖精，那是老娘儿们的看法。我不这样看。

将来我也要找一个妓女当媳妇。但五哥跟她没有结婚，他就是把她带回来，跟她睡觉，让她下地干活。不结婚就在家里睡觉，这种事在王榨也不稀罕。我正胡乱想着，她就从五哥家出来了，五哥在前，她在后，一个斜背着一个书包，手上拿一支短手锄，一看就知道他们要去点花生。她穿着一件暗红的短风衣，收腰，竖领，像个女学生。五哥当过两年兵，但他什么手艺也没学到。他真有福气。我奶奶说，福气都是前世修来的。

我奶奶端着一碗粥坐在门口，就着光打量我。等五哥和妓女走远，我才感到后脑子有点名堂。

奶奶说，你小子知道看女人了，你爹在新疆搬砖，你要娶媳妇就看你自己的本事了。当初以为你活不了几天，现在看来还死不了呢。她像一切活到了岁数的人，对世上的事情了如指掌，知道什么事情最要害。

对一个刚刚长成的小男人来说，女人最要紧。但先得有钱，才会有女人，所以钱就最要紧。

在王榨，第一有钱的是王大钱，第二就是我四叔。四叔外号叫林彪，他做生意总是运气很好，别人都赔就是他不赔，卖什么都赚。听说有一年他挣得特别多，去买包烟都要打出租车，去上厕所都要骑摩托，他老婆抹脸都用一百多块钱一小瓶的抹脸油。据大眼说，哎哟喂，那才叫人过的日子，白天下馆子，晚上去歌厅，漂亮的小姐一天换一个，一天花掉一千多，一天又花掉一千多。现在都传他有两百万。

四叔说，一个商场要有人气，人气不是凭空来的，都是造出来的，就像鸭子一样，没有撒谷子，你赶它它都不肯来。商场的谷子是什么？不是好货，而是热闹，一热闹，人都来看，人一多，就都觉得这里的东西又好又便宜。所以要造势，势就是一种风，风大势猛，不管高矮肥瘦，统统吹倒。

不管在哪，四叔一包商场，第一件事就是去买降价录音机大喇叭，门口一边一个，放流行歌曲，上街做广告，印传单，租宣传车，车上放广告词满大街游。一个只上过小学二年级的农民，做完北京去新疆，做完新疆做南昌，武汉黄石长沙，谁都不怕，走南闯北，只赚不赔，他是我们王榨的英雄、榜样和明星。再过一百年，他很可能变成我们村的财神爷，被捏成泥像，画成画，点上彩，骑在鲤鱼背上，谁要出门做生意，必须先供上一个猪头，烧上香，拜过之后才动身。

生活在四叔的时代是多么幸福。他正好要从黄石转到湖南湘潭，我奶奶跟他一说，他就同意带上我，他在村口跟我奶说，饿不着他，挣得上挣不上，就看他的运气了。

喇叭（二）

五星红旗迎风飘扬，我们的歌声多么嘹亮。我和四叔的侄子站在宣传车上招摇过市，车围上是我们连夜贴上的广告词：

不看不知道，一看乐一跳。这是四叔亲自编造的好词，十年前家里就有电视的人都知道，这两句话脱胎于中央台“正大综艺”的“不看不知道，世界真奇妙”，四叔认为，有好词不用来派用场，就相当于稻谷烂在田里，是一件遭雷劈的事情。

我们用红纸托底，用金纸剪成字，明晃晃，亮闪闪，金字就像戏里的大头娃娃，十分喜庆。叔又让我戴上一只长发头套，打扮成一个女的，他说如果是夏天，他就会让我光着上半身，戴一只又白又挺的奶罩，下身穿上半透明的纱裙，我一年到头不干活，细皮嫩肉，谁都不会想到我是假女人。

五月里来艳阳天，湘潭城里来转悠。我站在宣传车上，两边的人流像潮水般分开，跟电视里军官阅兵差不多，我威风十足，好几次都想伸胳膊招手说：同志们好！

在旁人的眼里，我是一个傻站着的怪物，不男不女，嘴唇涂得鲜红，假发披到肩膀，但我眉眼间那股子生姜劲丝毫没有女人的味道。如果人群里有明眼人，一眼就会看到许多生姜。但大家眼睛都瞎了，表面上看不瞎，实际上什么都看不出来。我放心在车上傻站着，内心当一个首长，敞篷车经过天安门广场，海陆空三军轰隆隆从我的脑子经过，鸽子哗啦啦地飞，成千上万只气球，使劲把我的瘤子往外拽，我晕乎乎，迷瞪瞪，直到一根树枝划破我的脸。

第二天，四叔换了花样，请了一个乐队，有西洋架子鼓，又有唢呐，还有一个嗓门特别大的民间歌手。几般武艺，轮番上场，唱唱吹吹打打，嘈嘈切切杂杂。叔说，全国的人民都一样，爱看个热闹。到了第三天，花样又换了。他请来了一大帮老太太，给她们每人每天十元钱，她们就穿上大红大绿的绸衣服，腰间系上大红绸子，脸上描着大黑眉毛猴屁股脸蛋，头发上插着假花，热热闹闹扭起来。

卖点什么好呢？据叔说，卖得最好的是小家电，叫现金代销，拿钱去进货，卖不掉再退回去，绝对不会赔本。第二好卖的是化妆品、皮鞋、皮带箱包、内衣这些，煤气灶不锈钢和首饰，有的地方好卖，有的地方不好卖。童装童鞋、钟表手表、羊毛衫，一般。最不好卖的是床上用品和领带。

我看来看去，好卖的已经有叔和他的侄子在卖了，跟风的也各有好几摊。我跟我脑子里的瘤子商量，决定卖首饰。奶奶给我凑了一千五百块钱当本钱，我拿了一千块钱去进货，跟在别人后面，抱回来一堆亮晶晶的东西。玉坠、手镯、项链、戒指、耳环、手链，亮晶晶地摆在柜台上，看上去全是真的，比真的还亮还新，其实它们没一点是真的。这个世界就是这样，假的比真的还像真的。

金戒指金耳环金项链，叔让我们跟人说这是 18 KGP 的，他们一听 18 K，就以为是 18 K 金，实际上全是铁的，我们也没说是金的。还有一种特别白，非常亮，我们就说是白金的，其实里面是塑料。项链进价八块，就卖八十块，戒指六块，就喊三十块，男式戒指十三块进，能卖到一百块。

叔说能骗一个算一个，要是他们拿到银行鉴定，回来找你退，你马上退给他，一句话都不要多说。我婶说，一次，一个老太太买了耳环戒指项链，共掏了二百四十块，第二天她又回来了，要退，退了之后又要按假的买，于是每样十五块，四十八块钱又卖给她了。有的人明明知道是假的，他买来送人，看上去跟真的一模一样，真的和假的放在一起一点都看不出来。

但我太嫩，容易发慌。买的人一说，这是假的，我就心虚。心一虚，价钱被人砍得七零八落，挣不了几个钱。

中午大家吃盒饭，三块钱一盒，什么菜都辣，辣死了，只有饭不辣。晚饭就下馆子，吃面，吃米粉，一碗米粉一块五，有肉丝，两块一碗的还有鸡蛋。天天都吃米粉，有时候也吃米饭炒菜，要一两个菜大家合吃。晚上住旅社，叫红心旅社，六个人一间房，每人一张床，每人每个月一百块钱。

我们跟着四叔转战千里，从湘潭到浏阳，又到荆州，又到黄石。到了黄石，听说内衣特别好卖，来多少卖多少，上午来一车，下午就全卖光了，用四叔的话说，就是弄一泡牛屎都抢走了，像不要钱似的。我跟着卖内衣，找四婶借钱作本，进了一包三枪，一包铜牛，一包菊花，都是名牌，都是假的。一开始形势大好，扭秧歌的老太太也抢着买，她们奔走相告，互相嚷嚷，说全城这里的内衣最便宜。

老太太穿红着绿，像彩云飘落在我的摊前，风起云涌，红霞叠着绿霞，老太太的脸蛋前几天我看还像猴屁股，现在看上去觉得又喜庆又亲切，在霞光之中像太阳一样温暖。她们挑三拣四，牙齿透风，老眼昏花，把我的商品放到鼻子跟前仔细看，好像她们是一条狗，眼睛长在鼻子上。但我一点都不嫌啰唆，相反，我意识到这就是四叔所说的人气，人气一旺财气就旺。

我站在柜台后，肚子里凭空长出了一只唢呐，喜气洋洋地响着，没有人吹它，它自己就响了，它身后还跟着一串钱，一百两百三百，手拉着手，从我的肚子一直上升到我的瘤子，真是过瘾啊。

在老太太的红绸绿绸和假花之间，我腾云驾雾，脸上满是又憨又傻的神情。我故意放慢动作，让老太太们吱吱喳喳催我找钱，她们越催我的摊位就越热闹，外面的人围了一层又一层，人气越聚越多，老太太的声音真悦耳，像喜鹊一样。我亮开喉咙喊，大婶大姨大姐们不要急，每个人都能买到。我听见自己的声音清脆嘹亮，像一只油菜花上空的布谷鸟。

天有不测风云，突然电光一闪，没有打雷，摄影机从天而降，清明时节雨纷纷，打假曝光的人来到了。他们像一团火从一楼滚到二楼，天兵天将，一句话不说，用雪白的亮光照着我们，我们像妖精，被照出了原形，又像害虫，缩成一团，巨大的扫帚已经来到，秋风扫落叶。货全是假的，不锈钢的灶，海尔、春兰是假的，内衣的三枪、铜牛是假的，化妆品、首饰，统统都是假的。

缴货。罚款。曝光。

一切就在亏本中结束了。

刀锋（一）

我决定跟二皮叔学杀猪。奶奶说杀猪挣不到钱，现在不让自己杀，让上食品站统一杀。杀了还要交各种税，定点宰杀费、工商管理费、个体管理费、动物检疫费、动物消毒费、动物防疫费、清洁卫生费，有十几项，一共一百二十多块钱。

指望杀猪挣钱娶媳妇，要到下一辈子。

我不管。

其实我看中二皮叔的不是杀猪，而是他的好玩。

在王榨，有各种各样奇怪的营生，如打牛鞭，贩狗，贩药，篾匠，木匠，石头客，铁匠，鱼客，除了石头客和铁匠太要力气之外，各有各的好玩，但都不如我二皮叔好玩。

对于二皮叔，我首先感到奇怪的是，一个人怎么能够既热爱猪，杀起猪来又毫不手软，把热爱和屠杀合而为一。二皮叔不解释此事，从他的脸上也看不到答案，这使我觉得二皮叔的人生观颇为深奥。

我骑在墙头上，观察二皮叔的日常起居，一看见有人请他去杀猪，立即从墙上跳下来，一阵风跑到他的柴屋，搬起放生刀、晃钩、砍刀、尖刀、剃毛刀、锉把等一堆家伙。刀太多，目标太大，我想起二皮叔出门杀猪总是拎着一只人造革黑皮包，这时它正挂在墙上着急，恨不得自己长腿跳下来。我脑子里的瘤子对它说，别着急，不声张，它好像听见了，它猫着腰，从墙上下来，我把各种刀子装进了提包里，一声不响，坐到了院子的大门口。

二皮叔，到柴屋，
一看墙上没有刀，
张嘴就骂二皮婶。
二皮婶，不吭声，
喂喂鸡，扫扫地，
二皮叔急得想拉屎。

这是我脑子里的瘤子现场编出的顺口溜，因为时间仓促，不够押韵，但事实就是如此。

不见了刀，二皮叔在镇定自若的二皮婶面前变成了一只陀螺，他飞快地旋转，从西屋转到东屋，从灶间转到堂屋，他绕着二皮婶转了三圈之后就想揪二皮婶的头发，但他的手停在二皮婶的脑袋上，既不落下来，也不挪开，看样子不像是揪头发，倒像是发功治病，这种情形跟电视里的卡通动画一样有趣。

二皮婶把他的手一巴掌打下来，说，你到院门口看看去。二皮叔伸着脖子，像一只卡通鸭来到门口。我抱着的人造革提包听见二皮叔的脚步声，就像小奶猪看见了母猪，它奋力挣扎，在我的怀里扑腾，包里的刀更是像孩子看见了亲妈，叮叮当当响成一片。

说时迟，那时快，二皮叔和他的刀，同时看见了对方，小别胜新婚，两边都是一个箭步，二皮叔一把就将提包搂在了怀里。他打开包，看见刀们大大小小，长长短短全都在，于是二皮叔，就像孙悟空回到花果山水帘洞，威风凛凛，帝王气派。他说：大头你这个狗婆子养的，今天正好没下手，你就跟我当下手吧。

刀锋（二）

我跟二皮叔到下湾子帮人杀猪。他穿一双半筒雨鞋，骑脚踏车。我坐在他的横杆上，二皮叔头发上的灰尘气味一阵又一阵扑进我的鼻子里。

刚刚适应了灰尘，他雨鞋的气味又像一群苍蝇，前挤后拥，从他的脚底升上来。一开始我不知道是他雨鞋的气味，我以为前面刚刚有人运了一车咸鱼，这些咸鱼十分活跃，它们虽然翻着白眼，却没有死，非但没有死，还会在空气中游泳，成群结队，游动在我们自行车的前后左右，我看不见它们，但它们腥咸的气味和嗡嗡的声音一阵又一阵。过了好一会儿，我才意识到，这些大大小小的咸鱼就是从二皮叔的雨鞋里冒出来的。

有一个人比我的嗅觉更敏锐，他在四季山的半山腰挖草药，他刚刚找着一小片海金沙，正要下手，从海金沙的叶子上就传来了臭咸鱼的气味。我不知道他怎么断定，这臭咸鱼的气味，就是二皮叔雨鞋里发出的气味。挖草药的人是五伯，外号日本人，他顺着臭咸鱼的气味往山下的大路张望，果然，看见二皮叔穿着雨鞋在骑车。

大晴天穿雨鞋，当然是去帮人杀猪！五伯一不做，二不休，赶紧下山去报信。

有关这件事和这个人，我要进一步告诉你。在我们广大农村，在现如今，私自杀猪是一件违反规定的事情，抓到了要没收和罚款。但是，找二皮叔杀只要给四十元，拉到食品站杀，各种费用加上国税地税，要一百四十元。一百元的血汗钱，我们当然要保住，方圆十几个村子，谁都知道，王榨的二皮叔是我们的福星，既是人的福星，也是猪的福星。

但我五伯不这样看，在这件事上，他坚决拥护政府。在我奶奶看来，五伯拥护政府是因为他一辈子没养过猪，还因为，他高兴看到二皮倒霉。

有一次，我从二皮叔家出来，迎面看到五伯采药回来，他挑着一对粪箕，两边都是满满的草药，他哼着奇怪的曲子，看见我好像特别高兴。他把我叫住，然后挠了挠裤裆。我看到他从口袋掏出一枚椭圆的东西，我以为是蛇蛋，就凑上去。那东西跟土豆差不多，我用手按了按，硬邦邦的。五伯说，这叫满天星，特别好吃，有一点奶味，甜的，味道像花生，比莲藕还脆，比红苕好吃多了。见我张嘴，他在一旁说，要咬大口，小口吃不出脆。

我咬了一大口。但当我嚼到一半的时候发现事情有点不对头，这东西既不甜，也不脆，跟生芋头和生竹笋差不多，苦麻苦麻的，我赶紧吐掉。但是已经晚了，刚吐掉的时候舌头麻麻的还在，只一会儿，我就觉得自己的舌头没有了，嘴里空荡荡的，紧接着，牙齿也没有了，嘴唇、鼻子、腮帮子，在半麻中它们都消失不在了，只剩下两只眼珠子，挂在我的瘤子上。

五伯笑眯眯地看着我，我冲他的胸口一头撞过去，还没撞着，他就把我揪住了，他笑眯眯地往我脸上扇了两个大耳刮子，我听见清脆的两记响声，好像有人在我头顶上拍巴掌，我的脸上一点都不痛。

五伯说：小子，知道了吧，这叫麻药，往后你要是当小偷干坏事，被人抓住了就抹点，怎么打都不疼。我想冲他吐口水，吐不出来，想骂他，也骂不出来。五伯知道我想干什么，他说不吃点苦头怎么能记住事。

在五伯的世界观里，吃苦头是一件很有必要的事。他无师自通，给一个长年风湿的人治病。他用自己弄来的蝎子毒蛇草药捣成泥，敷在那人的膝盖上。第二天，那人的膝盖一边长出了一个水泡，有酒杯那么大，第三天，水泡长到了饭碗那么大，到了第四天，饭碗又变成了海碗，里面的水晃里晃荡的，像挂着两只大水袋，看着吓人。谁也不知道这么多的水是从哪里来的，病人奄奄一息，眼看快要死了。病家放出话，说等人一死，就要让五伯偿命。

最后人没有死，风湿也没再犯。但五伯就是这样一个挨千刀的人。

五伯连蹦带跳从山上下来，这个形象比二皮叔还要卡通，如果他是一个小孩或是一只松鼠，在山里蹦跶就自然得多，但他是一个六十多岁的老头，还挑着一对粪箕，粪箕一头装着半边莲，一头是空的，本来要装海金沙，现在他觉得让食品站的人抓住二皮叔更重要，于是就一头轻一头重地下山了。

在五伯的眼里，一串数字像刚刚抽芽的半边莲，散发出苦味，马上就要长成一大片，变成钱，放进口袋里。这串数字是这样的：举报杀猪，罚杀猪的人六千元，奖励举报者六十元；举报打麻将，奖三十元；举报赌博，奖励五十元。

刀锋（三）

我们对危险一无所知，只知道下湾子村有一头大猪在等着我们。它像所有的猪一样，经历了作为猪的一生，天天吃饱睡足，长出了肥肉，它等着穿过一道刀刃，脱胎换骨，转世做人，它因此在猪圈里有一点喜气洋洋。它家的主人办丧事，死了八十岁的老爷子，是喜丧，亲戚们来喝酒，也是喜气洋洋的。远远就听见了下湾子的鞭炮声，鞭炮连绵不绝，是一万头的长鞭炮。

活了一辈子，终于可以死去了，这真是一件大好的事情。对人如此，对猪也同样如此。

老爷子睡在棺材里，停在堂屋，小桌子上供着酒肉，谁来了就点上香。来来往往的人，人人头上顶着一块白布。院子里摆了几桌麻将，大家边打麻将边守灵。灶堂浸着两盆米，准备做硬脚步丸，几个女人围着搅和，像是在洗一床很难洗的被子，她们吱吱喳喳，跟赶集一样兴奋。一堆刚从地里挖来的葱姜满是泥，有的洗干净了放在案板上，葱姜的气味使空气中有一种过节的味道。

当家的男人领我们去看猪。这是一头通山猪，头和屁股是黑的，中间是白的，这种猪不爱长膘，现在越来越少见了，但我觉得这是我见过的猪里头最好看的猪，是猪里的美人、模特，就其数量少而言，则是猪里的大熊猫。这猪不肥，二皮叔估计它只有一百八十多斤，如果不是办丧事，还能养到二百斤。我注意看了它的蹄子，不是五爪的，但它的眼睛比一般猪明亮，我又怀疑它的前世是人。这样一来，我又多看了它几眼。

正要下手，这家的女人提了一只塑料桶小跑着过来，她边跑边小声地喊着“罗罗、罗罗”，听起来像是喊她儿子的小名。

她蹲在猪跟前，把桶里的粥和青菜倒在盆里让猪吃，一边很心疼地来回摸猪的后背。摸着摸着就哭了起来，男人说，我爹死她都没哭得这么伤心。谁家杀猪都不兴再喂食的，她非要给它吃一顿送行，这都是看戏看的，犯人砍头前要喝一顿上路酒，她也要给猪再吃一顿好的。正说着，女人又一溜小跑，到灶间盛了一碗新鲜豆腐倒给猪吃。

二皮叔让我帮忙按着猪的前脚，他来捆，这样我离猪脸特别近，我看到猪的眼皮是双眼皮，眼袋鼓鼓的，鼻子上方有一颗痣，它斜着眼睛看我，似乎有一点深意。我想日后定要弄一头通山猪的母猪，下一窝黑头黑屁股的小奶猪拿去武汉卖，据学智哥预测，城里人养宠物的时尚很快就要从狗变成猪了，世界上有什么猪比通山猪更适合当宠物的呢？好养，通人性，长得也标新立异。

门板拆下来抬到院子，又垫了些稻草，四个男人，加上我五个人按着猪的四只脚，二皮叔扎上围裙，拿出放生刀。

刀锋在阳光下一闪，猪就开始喊，它嗓子嘹亮，中气充足，叫的声音悠长醇厚，丝毫没有临死前的凄厉哀绝。我认为这是一头具有英雄气概的猪，视死如归。它喊的大概是：二十年后又是一条好汉！

刀锋一闪，二皮叔像雷电一样击中了猪脖子的正中间，简洁、干净、准确，具有大师风范，这是二皮叔一生中最有天赋的动作。他有如神助，从不失手，永远没有偏差，这一点方圆十几个村子连同外乡镇的人和猪都知道。在往年，在没有食品站的规定之前，在年底，他一家连着一家，一头猪接着一头猪杀，一年当中要杀四五十头猪，能收一千多块钱。当一个杀猪的人多么好！我双手端着塑料盆，接住了喷涌而出的猪血，热烈的血和蒸汽交织在一起，血没流尽，猪就断了气。

我跟着烫猪刮毛，刚刚烫到第二壶水，消息树就来到了。

消息树是二皮叔的说法，他看过许多打日本的电影，《鸡毛信》《地雷战》《地道战》《小兵张嘎》，我不知道哪部电影有消息树。也许是每部电影都有消息树。据二皮叔说，消息树不是一种树种，像枫树楠木桐树，而是什么树都可以成为消息树，只要它长得不粗，容易砍掉，而且又长在山岗上，远处的人能看得见，它就被指定为消息树。

一个抗日儿童，头扎白毛巾，腰扎粗草绳，手持红缨枪，站在山岗上，他手搭凉棚，远远看见路的尽头出现一队黑蚂蚁，黑蚂蚁很快又变成了一队黑蝗虫，是敌人，鬼子来村扫荡了！抗日儿童马上砍倒消息树，这边山岗的儿童一看，四季山的消息树倒了，我们伏牛山的消息树也要马上放倒，接下来，青松岭、白蛇山，都迅速放倒了消息树，鬼子进村的消息，像闪电一样传遍了千山万水。

现在，消息树是一个人，有一个人，听见五伯打电话，有一个人，看见县食品组的人来到了马连店食品站，又有一个人，看见他们出发了。于是，一个人传一个人，食品站的干部刚刚走出一里地，下湾子村就知道了。

情况危急，猪还没开膛，鬼子十几分钟就到。二皮叔在一片混乱之中成为了一个意志坚定临危不惧的人，他站在一地猪毛中，双手持刀，左右开弓，我的气还没喘匀，半边猪毛就已经一干二净。他不说话，也不要帮手，一使劲，就把猪挂在了晃钩上。一个小孩跑来说，他们已经到了村口的槐树下了，正在打听谁家在杀猪。

二皮叔好像没听见，他左手拿一把三角刀，往猪屁股一划，与此同时，右手的刀锋在猪背上一划，刚转到正面，刀一闪，整只猪哗啦一下全开了！二皮叔手脚飞快剔着猪下水。

又有小孩来报信，说他们已经到了隔壁，马上就到院门了。二皮叔一挥手，一支救火队出现了，七八个人组成人墙挡在门口，五六个人抬着门板撤到厨房，门板上的肉连头带尾倒入缸，地上的稻草猪毛塑料盆，好像自己长了腿，一眨眼全都不见了。

身经百战的人民群众，向食品站的公家人闪开了一条路。

刀锋（四）

来了六个人。

他们闻到了院子里杀猪的气味。这些鼻子都是一些超级的鼻子，久经考验，跟仪器一样准确敏锐。一有人杀猪，他们的鼻子就会动，他们的前世是分散在各处的猎狗，虽然转了世，但功能一点都没有退化。浓重的鲜肉味在院子里浮动，地上还溅了一点猪血，但院子里既没有杀好的猪，也没有二皮叔。抓不到人，就罚不了款。

干部问大人，杀猪了吗？大人说，没有，没看见。干部又问小孩，小孩说，没杀，没看见。从大小孩到三岁的小孩，问了好几个，都说没杀猪。

众人一起说假话，说过假话之后很得意。他们望着干部憨笑。

一个干部忽然看到了二皮叔的自行车，他说，这不是他的自行车吗？他的车我可认得的。

众人身一紧，看看干部，又看看车，不知道说什么好。有一个人站出来说，这是二皮的车不假，但不是他骑来的，他借给他的老表骑。众人醒过神来，人堆里就有一个头顶着白布的人出来说，我是二皮的老表，来吊丧，我的车胎破了，钢条断了，铁链子也断了。

干部走进屋，水缸、柴堆、床底，看过之后就到了后门。后门是一片湿地，湿地上长满了芭芒，有两只很深的雨鞋印，二皮叔就是从这里跳下去的。

事情到了这个地步，又开始变得有趣起来。

在我跟二皮叔学杀猪之前，他就积累了多年反盯梢的经验。

从一个能工巧匠过渡到一个永远抓不着的地下工作者，二皮叔真是太出神入化了。他的难度比谁都大，就因为他杀猪的名头太响。在人们的传说中，他一年杀一百头猪，过年的时候，他骑着一把长长的尖刀从空中飞驰而过，像孙悟空一样降落在一头将要放生的猪旁边，他的尖刀也像金箍棒一样可伸可缩，他一抛刀，一跺脚，说：变！尖刀就变小了。尖刀在猪的身上飞奔，从一头猪到另一头猪，猪的死亡也因此变得美妙，它们穿越刀锋就像溜冰，像坐水滑梯，或者像电视上的蹦极跳，猪本来站在平地，二皮叔一刀闪过，它立即就到了几十丈高的悬崖，同时又从悬崖上直跳下去，风声呼呼，从它的耳边掠过。

这些说法当然太过分了。

大家都认识二皮叔，包括他的自行车、雨鞋、围裙，这样一个人，若是他被人紧紧盯住，他又怎么跑得掉呢？除非他插上翅膀。

翅　膀

我就觉得二皮叔应该给自己做两只翅膀。

第一件事就是要收集羽毛。最好是鹅毛，又长又厚，除了不容易被雨水浇透，更重要的是十分好看，跟天使一样。

有关天使，线儿的妹妹团儿（她们两姐妹嫁同一个村）最清楚，她是我们村唯一一个信基督教的人。她的爸爸妈妈让她信，她就信了。每天早上，往锅里放米的时候，她就在头上顶一块布，做祷告，吃饭的时候做祷告，晚上睡觉的时候也做祷告。她有一本书，书上有长着翅膀的小人，那就是天使。

但是鹅毛在哪里呢？

我不知道二皮叔能在哪儿找着鹅毛。我脑子里的瘤子着急也没用，不能让二皮叔当一个蒙面大盗，埋伏在路边，看见有鹅就“哇”地大叫一声跳出来，抱着一匹鹅就拔人家的翅膀。这太不像话。

我脑子里的瘤子说，还是用鸭子的羽毛做翅膀吧。

于是我眼前立即出现了火车家的一群鸭子，那些鸭子的羽毛是杂色的，有黑有灰，跟军队里的迷彩服有同样效果，不像白色那么反光，隔着老远就晃眼。而且我觉得让二皮叔当天使也是一件特别滑稽的事，一个杀猪的，戴着那么白的羽毛逃跑，既不伦不类，又足够矫情。

就用鸭子的羽毛吧，麻灰的颜色，跟房屋、树木、水塘一样斑驳，是我们王榨自己的迷彩色，又吸光，又迷惑。我将和二皮叔在夜深人静的时候，翻墙过户，潜入火车家的院子。

火车家每年都养一百零八只鸭子，就是《水浒》里的一百零八将。他们家在院子里用土砖给一百零八将盖了一间房，火车从前告诉过我，这间屋子有鬼，在晚上，睡觉的鸭子会突然惊醒，全体紧挨着往前冲，就像有鬼赶着它们一样。在有鬼的夜晚，鸭子就不下蛋，如果没有鬼赶它们，它们在快天亮的时候就挨在一起下蛋，把蛋下得一堆一堆的，天亮一开门，地上一片白花花，跟长了棉花一样。我觉得有可能不是鬼，是老鼠，一只老鼠碰到了一只鸭子，鸭子又碰到了紧挨着的鸭子，它们从梦中惊醒，不知道出了什么事，就跟着往前冲，一边冲一边嘎嘎叫。

对鸭子来说，偷鸭子的人跟老鼠也差不多。人碰它和老鼠碰它是一样的，人一碰它，它也往前冲，也嘎嘎叫，闭着眼睛大喊：怎么啦？讨厌！但我和二皮叔不是要偷鸭子，而是要拔鸭子的羽毛。即使鸭子叫，我们也会很镇定。

我们将在门上挖一个洞，跟狗洞差不多大小，透过洞口，我们看到一片安详的睡眠景象，鸭子的头全都埋在了翅膀底下，这也难怪，因为它们自己就是自己的鸭绒被。

我们小心地抱住一只鸭子，轻轻一拽，从洞口抱出来，它只来得及“嘎”的一声，我们就从它的翅膀上拔下了最长的两支羽毛。其他的鸭子听见了，以为是这只鸭子讲梦话，有少数鸭子把头从翅膀里抽出来四处张望，但没有用，鸭子跟鸡一样，是夜瞎子，晚上一点看不见，所以同样认为是有鸭子在讲梦话。

我们抱了一只又一只，拔了羽毛又放回去，每只鸭子只来得及“嘎”的一下，事情就过去了。于是鸭房里出现了前所未有的奇观，整个晚上响彻着鸭子有节制，并且节奏奇怪的嘎嘎声，每声叫唤的嗓声粗细高低长短各各不同，就像是有人让鸭子半夜起来列队点名，一百零八将个个不含糊，在鸭房里排了好几队，一点到名就应声出列。

火车如果还活着，一定以为鸭房又在闹鬼，而这个鬼跟以往的鬼有很大不同，是一个本领高超的鬼。所以我们把一百零八将的羽毛统统拔完，又放进装尿素的尼龙袋里，一直等我们出了院子，谁都没来抓。抓贼容易抓鬼难，这是大家的共识。

鸭毛翅膀就这样出现在二皮叔的肩膀上。食品站的人一进门，翅膀“呼”的一下就从胳肢窝底下伸出来，脚一蹬地，身体就升到了空中，他的杀猪刀放在人造革挎包里，挂在脖子上，活像一只挂着书包的大雁。食品站的人明明闻到了浓厚的猪血味，但就是抓不着二皮叔。其实二皮叔没有走远，他正在食品站干部的头顶上扑腾着翅膀，院子里的人望着天空傻笑，但等到食品站的人也抬头看天，二皮叔一闪身就飞到了树梢上，头顶什么都没有，只有一根鸭子的羽毛飘下来。

当然这一切情景只存在于我的瘤子里。

我还认为，二皮叔除了翅膀之外，还应该预备一副高跷。这副高跷比普通的高跷既要高得多，也要细得多。如果像杯口那么粗，食品站的人看到两根移动的木头，一眼就会发现目标。它应该像筷子那么细，却要有一棵树那么高，一旦被发现，好及时转移到树上。二皮叔穿上这副高跷，就像一只特别夸张的长脚仙鹤，食品站的人还在院子里抽鼻子呢，二皮叔一脚就跨出了院墙。但这么细的高跷容易摔倒，要用铁锹大的木板制成脚掌才能保持平衡。

现在，二皮叔已经成为一个怪物，他走路的时候像一只鸵鸟，飞的时候像一只大雁，杀猪的时候像水流星，食品站的人一来，他就成了隐身人。

这一切如此神奇，但神奇的东西都是不真实的，它只存在于人的脑子里。如果特别神奇，就只存在于脑子里的瘤子里。

事实上，二皮叔永远也不会长翅膀，他只会长虱子，而且他也不会去做那么古怪的高跷，他宁愿做板凳。

水　缸

事实上，二皮叔在下湾子陷入了包围，现在，事情又重新开始了。

他在食品站干部进门的一瞬间进了灶房，又从灶房拐到了后门，后门下面是一片湿地，湿地上长满了芭芒。追兵就在后面，抓着了就要罚款六千元。二皮叔纵身跳下沟，地上留下了湿脚印。他上了坡，又过坎，碰到了寡妇李桃儿，水缸里面把身藏。

这样看来，李桃儿的智慧跟《沙家浜》里的阿庆嫂差不多，但李桃儿比阿庆嫂年轻，也比阿庆嫂轻浮，所以事情就有点不同。她把二皮叔往一只大咸菜缸里摁，二皮叔被熏得两脚直蹬。李桃儿便说，你要不想躲在咸菜缸里，就到我的床上去吧。

看见床，二皮叔觉得这件事情不错，就立即动手脱衣服。李桃儿却说，谁要跟你睡了，你脱什么衣服！二皮叔连忙又把衣服穿上，刚穿上，李桃儿又说，你不换了这身杀猪的衣服，食品站的来了怎么办。

李桃让二皮叔脱下沾了猪血的雨鞋，换上她丈夫的衣服，又把他杀猪的行头统统包好塞到床底下，再去把门拴上。

二皮叔一看，以为又有了希望。李桃的名声早就传遍了四季山一带，跟王榨的线儿双兰一样，是一个不难得手的风流女人，但她比线儿更开放，被誉为四季山的四大婊子。也就是说，在女人魅力的名声上，她跟二皮叔在杀猪界的声誉并驾齐驱。

我没有跟随二皮叔到李桃家里去，但我曾经见过这个声名远扬的女人。我认为李桃比线儿双兰更漂亮，她皮白，胸高腰细，虽然有三十多岁了，眼角也不长鱼尾纹，额头也没有抬头纹，脸光得像个白兰瓜，是一个高档次的狐狸精。可见四大婊子名声不是白传的，群众的眼睛是雪亮的，男人的眼睛更加雪亮。

我多希望我就是二皮叔啊！我和李桃关着门在屋子里，油菜花一看见，纷纷从窗户拥进来，它们把窗口挡住，一边围着李桃，蹭她的脸，她的嘴、鼻子、耳朵，还蹭她的奶坨腰窝，把她弄得全身又痒又酥。然后油菜花七手八脚，把她搬到床上去。声名远扬的狐狸精，软得像一摊水，骚得像狗，腥得像鱼。她哼唧着扭来扭去，闭着眼睛不睁开。我脑子里之所以出现油菜花帮忙，是因为我自己不敢动手，我有点怕。凡是漂亮的女人我都有点怕，碰到这种事我不知道怎么办，而且我既不是治保主任，也没有钱。

这说明我理智尚存。

但李桃在床上一叫唤，我全身就像着了火，刹那间，我眼前的一切都消失了，只剩下光溜溜的狐狸精，她身体散发出来的气味和声音，烧掉了我的上半身，光秃秃的下半身腾空而起，冲到床上，滚烫而坚硬，发出眼镜蛇一样的“刺刺”声。

二皮叔最后是怎么逃脱的呢？他换上了李桃的旧衣服，二皮叔矮，李桃高，衣服穿在身上像李桃的姨。他又在头上扎了一条旧头巾，看上去像狼外婆。这样一来，食品站的人又没抓着二皮叔。

二皮叔多次虎口脱险，他有时化妆成老头，有时化妆成老太婆，如果不能从后门溜走，他就越墙而逃。他既上树，也走屋顶。有一次，乡亲把他锁在屋子里藏着，另一次，乡亲把食品站的引到了相反的方向。总而言之，二皮叔以他高超的杀猪技术和人格魅力，在四季山一带如鱼得水。

刀锋（五）

但我只学会了刮毛和翻猪大肠。

一头猪，如果烫得好，刮毛不是一件难事。刮毛刀一头是卷的，很趁手，用一点巧力气，一下一下地，毛就刮光了。但要刮得干净，把猪皮上的一层脏东西刮掉，还得剃。剃毛刀要非常非常锋利，快得像一道闪电，轻得像一阵风，薄得连看都看不见。

我没办法磨出这么快的刀。二皮叔把他的磨刀石给我，长方形，深灰色的，中间有一点凹陷，刀一放上去就有一种紧贴感，放一点水，均匀地用力，刀上洇出一层灰色的薄光，薄光越来越厚，刀面被一层灰色的绒面所覆盖，水天一色。

我像一个艺术家，在磨刀中获得美感。我沉浸在磨刀中，磨了很久才拿起来。但我发现，光有美感是远远不够的，我磨出的刀不快，怎么用都不舒服。二皮叔说，我磨刀的样子是花架子，中看不中吃。

怎样磨出一把剃猪毛的刀？二皮叔从打铁讲起，铁被烧得通红，铁匠把通红的刀放在水面上，刀口的颜色在变化，铁匠眼明手快，在某一瞬间，把烧红的刀猛地往水里一放，滋的一下，这就叫淬火。淬过了火，刀就成为了一把刀。淬火的时机不合适，不是老了就是嫩了，老了则太硬，脆，砍几下就豁口，嫩了也不行，太软，砍东西容易卷边。

有的铁匠成了精，跟铁的关系就跟同老婆的关系一样，烧红的铁放在水面上，铁在最合适的那一秒钟说：放！铁匠就放进水里。不早不晚，不前不后，正好在合适的时候。跟老婆睡觉也一样，时间地点都要对头，搞好了大家都高兴，搞不好老婆就一脚把你踹下床。

说完了淬火和老婆，才说到磨刀。

磨刀跟淬火有关，磨刀一定要多放一点水，水少不好搞，刀跟石头摩擦，一来二去，没两下就磨热了，磨热了刀口就退火。除了避免退火，水多些也好磨，滑溜，爽快。这跟搞女人一样。还要注意角度，长刀要平，尖刀要立；又要讲究时间，短了磨不快，长了太软，易卷边。

这些话是二皮叔边喝酒边跟我讲的。他逃脱了又一次食品站和乡镇民兵小分队的联合抓捕后感到无聊，让我从墙头上翻下来，他拿出一碟切好的熟猪头肉，让我倒上酒。他连喝三盅酒，长叹一口气，说：一天到晚没猪杀，没人赶在后面追，你知道是什么味道吗？就跟男人硬了好半天没地方搁。

我在磨短了好几把刀之后知道，磨刀也需要天赋，不亚于读书认字做买卖。我只顾在磨刀中感到快感，磨出的刀总是卷边。

二皮叔点评说：刀跟鸡巴一样，谁软了都不行。

剩下能做的事就只是翻猪大肠。

这事跟卷袖子一样，肠子有猪屎，翻肠子就是一截一截地卷着把肠子里的猪屎翻出来。猪屎跟牛屎不一样，牛屎不臭，猪屎臭。猪有时吃糠，屎是黄的，有时吃草，屎就是绿的。这两样不臭的东西经过猪肠子就沤臭了，这个道理我不太明白。但不管黄屎绿屎，一律难闻。杀猪的人家如果提前打招呼，二皮叔就让他们早三两天给猪喂米或者谷子，这样猪肠子就不会沾上糠，好洗。

喂米的猪屎就更臭了，跟人屎差不多，又黏又黄。杀完一头猪，身上要臭上好几天。只有熬到二皮叔的份上，出门杀猪带一个下手，这样才能摆脱猪屎的臭味。

要翻多少猪大肠才能成为一个杀猪高手?

二皮叔说：什么都不是好日的!

如果一个人连刀都磨不好，只翻过两次猪大肠就嫌猪屎臭，他永远都不能成为一个杀猪的人。

墙上的日子

大头已经不跟二皮叔学杀猪了，他骑在墙头上，隔着半个院子看二皮叔做木工。二皮叔不喜欢到别人家去干活，人家就把锯好的木板拉到他家。于是大头在墙头上闻到许多木头的香气，其中以松木的松脂香味和苦楝木的苦香比较鲜明。这两种味道像两个女子，一个穿着黄衫，一个穿着青衫，宽宽大大的，像电视里清朝的衣服。她们在院子里走来走去，走得不紧不慢，十分闲散，所以大头一会闻到松脂的气味，一会又闻到苦楝木的气味。但大头始终看不见这两个女子的脸。她们只有衣服，没有脸，这是大头的结论。

木工是一种神奇的职业，它能把一棵树变成床，变成桌子凳子，箱子柜子，木桶木盆。说到木盆，我觉得这是一样特别有趣的东西，把木头做成许多有弧度的薄木片，然后围起来，用铁线箍上，打上底，就成了一只木盆，滴水不漏。

我小时候看见过二皮叔做木盆，但现在再也没有人做了。塑料的东西开始的时候像一头野猪，现在已经变成一头家猪。反而是木桶木盆成了野猪，并且，快要绝迹了，等现在的木盆烂掉，就谁也见不到了。

二皮叔给人家做嫁妆，别人做三个月，他要做上一年。他要把所有的箱子的角做成圆的，把脸盆架的腿做成弯的，把所有的凳子做成马鞍凳。马鞍凳最不好做，所有的边角接榫都不是直的，都有一定的角度，所有的角度集中在一只凳子上，有一丁点不合适就弄不上。二皮叔说：一个凳子九个把，十个木匠九个怕。

他什么活都不怕，总是比主家要求的做得更好。

但他的慢没人能真正忍受得了。

我骑在墙头上，看他骑在院子里的条凳上刨木板。他的动作优美连贯，根本看不出他在用力，他好像浮在水里，身体一下一下地向前伸展。刨花一片接一片地从他的手缝飞出来，卷曲着，带着不同的形状，有的洁白，有的微黄，竹叶一样修长，牡丹一样婀娜，而且每一片刨花出来都带着一声奇妙的啸声，像哨子一样轻快尖厉，带着一种强烈的快感，有点轻佻，得意忘形，跳动、飞跃，跟着刨花在空中飞，转圈，如果是一个女孩，那就是把裙子都弄飞掉了，露出屁股蛋。

有时他会一动不动，闭着眼睛，你以为他睡着了，但不是，他的手在动，拿一把锋利的小斧头，削木头一端的圆角，削一下，摸一摸，再削一下，再摸一摸。他摸的时候比削的时候多，所以你搞不清楚这木头是他削圆的还是用手掌摸圆的。他摸得十分入迷，好像这不是木头，而是女人的奶坨子，一只鸡叮他的脚背他都不理会。

那是多么漫长的时光啊！他把三面木板接在一起，组成一个严密的圆头，一根头发丝都塞不进去。然后他用粗砂纸磨很多遍，又用细砂纸磨很多遍。他还不罢休，又要用一种密实黏稠的白泥来给木头抛光。

我亲眼看见木头的光芒是怎样从二皮叔的手上升起来的。它们开始的时候有点暗，像阴雨的天气，然后雨停了，但已经是黄昏，天光中有夜气，然后，星星出来了，天空越来越透澈，星星的光芒从二皮叔的手指缝跳出来，一颗接着一颗，像火星一样，捂都捂不住，那么多的亮光，就不只是星星了。果然，一种明亮、润泽、温和的光聚集在二皮叔的手掌里，如果它不是一枚月亮，那它又是什么呢？

木头的光，在最深处，你是看不见的，只有二皮叔能看见。如果他让我们看见，我们就能看见，如果他不让我们看见，我们就看不见。

这句绕口的话是我脑子里的瘤子告诉我的。

没有人能忍受得了二皮叔的缓慢，到最后，凳子总是没有来得及做。主家把全套嫁妆拉走了，剩下一些下脚料。二皮叔有兴致的时候，就会用剩下的木头做马鞍凳。在四季山的十几个村子，只有我二皮叔能做这种凳子。我十岁那年，他送给我一只马鞍凳，我奶奶拿去看戏，丢了，到下一次看戏的时候有一个女的拿了这把凳子，奶奶一眼就认了出来。

对于像我二皮叔这样神奇的人，我只能骑在墙头上观看。跟他学手艺是不可能的。

他是一个天才。任何人都学不了他。

而我，只有脑子里的瘤子是天才。在骑在墙头的时光里，我眼前的景象特别单调，只有二皮叔坐在院子中间，和他的刨花和木头纠缠在一起。这时候我脑子里的瘤子会看见另一些东西，它们像动画一样在阳光下跳荡。

先是一声嘹亮的哨子声，那堆蓬松卷曲的刨花从中间分开了，一只小小的马鞍凳从刨花中跳出来，它长着腿，两腿之间有一节长出来的东西。我从未见过这样的凳子。正纳闷，凳子就唱道：我是一只男凳子。我立即明白了，它那长出来的一点正是它的木鸡鸡。

真是太好玩了！连凳子也分男女的吗？

还长着小鸡鸡！

我第一次知道这样有趣的事情。我想，既有男凳子，女凳子很快也要出来的吧？我瞪大眼睛，第二声哨子又响了，刨花从顶部分开，一只凳子弹了出来，它一头的凳面裂了一道小小的缝，当然，这就是女凳子了。

女凳子也唱歌，但我听不懂它唱的是什么，它的歌像鸟叫，一种特别小的鸟，叫菜籽雀。它边唱边在院子里转圈，走得不快也不慢，还扭过身子看后面，像一只风骚的母鸡。男凳子一点都不含糊，它跟在女凳子的后面，威武而雄壮，像一只公鸡。

一只公鸡和一只母鸡，正常的事情是：公鸡踩上母鸡的背。于是男凳子就踩上了女凳子，它们叠在一起待了一小会儿，然后男凳子跳下来，重新在院子里面走来走去。

只有一只女凳子，男凳子多么寂寞啊！

各种花

绿豆花特别小，是粉黄色的，只有两瓣。绿豆叶子大，花小。绿豆花开的时候，人在田里扯稗草，黄豆花有白的，也有淡紫的，像淡墨水，紫中带蓝，有四片花瓣。麦子花跟水稻花一样，白色，像灰尘，有麦子的气味。稻花有稻谷的气味。麦子开花时人在种黄豆。花生花黄的，很黄，像葵花一样黄，有个小喇叭，口朝下。棉花花黄的粉的都有，大朵大朵的，大喇叭，口冲上，像城里公园的花一样好看。七月八月九月都有。蚕豆花是蓝的，豌豆花是紫的，白的，中等大。豆角花也是紫的，五月开。芝麻花是白的，高粱花土红色，很小，跟灰尘似的。

第三部　七姐妹

长头发

我约细胖一块到马连店看录像。听说现在的录像特别开放，什么都有，光屁股的女人，全身上下一块布头都没有。但细胖说那不够好看。他说录像不清楚，像隔着一层雾，还都是外国女人，看着特别不像真人，没看过看看还行，再看就不过瘾了。

他说看“跳开放”比看录像过瘾多了。

这几天从河南来了一个叫“七姐妹”的歌舞团，就在后河那边，他去看过一次，大人五元，小孩两元，有唱歌的，有跳舞的。细胖说，最过瘾的是下半场有一个女孩“跳开放”，特别水灵的一个女孩，胸口鼓鼓的，面对面就在眼底下，眼看着她就把上身衣服脱掉了，奶坨子看得清清楚楚，伸手都能摸着。

他还说这两天大棚来了一个男歌手，是从广州来的红星，那女孩“跳开放”都跳疯了，不光脱上边，下边也一起脱，全身都脱光，边脱边唱。

于是我们立即动身，他用摩托车带我，半小时就到了后河。我以为跟看庙戏似的，有四面八方的人带着凳子赶来，但直到进村也没看见。细胖也觉得奇怪，一点动静都没有，往常离村口两里地就能听见大喇叭里的声音。

到了场子一看，大棚还在，但门口的大音箱不见了，卡车也在，上面贴着斗大的字，被雨淋得掉了一道道的墨。“村西南空地晚八点”，每个字都好像在哭。

细胖到棚里打听，出来说，前天晚上派出所的来了，说他们演黄，把团长铐走了，音响设备都拉走了，他们在这里等团长放出来，团长还欠着大家的工资呢。

我惦着团长什么时候能放出来，放出来还能不能看上“跳开放”。细胖见多识广，说就看罚钱，拿钱拿得快，就出来得快，送钱不及时，十天半月一个月都不好说。出来肯定还“跳开放”，派出所罚了钱一般就算了。

大棚里的女孩在河边洗衣服。树林和河边，影影绰绰，腰在扭，头发在飘，声音如歌似鸟，肥皂的气味从空气中传来，带着一种女孩子的洁爽。河水有一点新鲜的腥气，树叶好像也有一点新鲜的腥气。

前所未见的仙女，穿着人间的衣服下凡了，我的瘤子精神为之一振，它们发出了细小的噼啪声，像是在鼓掌。但不是，它们一个接着一个，从我的脑子里飞出，像狗一样，跑到她们的跟前。

三个女孩，都是长头发，有一个额头上有一排刘海，后面扎着马尾，另两个额头是光的，一个披着头发，一个扎着很大的疙瘩。她们穿着一色黑的牛仔裤，上面穿夹克，里面是紧身衫，箍得紧紧的，身形看得一清二楚，腰细胸高。

女孩们低着头，但她们的眼睛含着光，光又透过眼皮，这样做的意思是，早就看见我们了，但都故意不看我们。

披长发的那个直起腰来绾头发，脸扭到我们这边，细胖认出来就是“跳开放”的女孩。细胖很兴奋，他说：就是她就是她，那天我挤在最前面，看得清清楚楚，你看她眼睛有点眯，像笑又不像笑，嘴唇下面有颗痣，肯定是她。

细胖说旁边那两个都是跳拉场子舞的，就是正式演出之前在前面跳着热闹，吸引人来，大凉的天穿纱裙，半透明，里面的裤头都能看见。

这时候又来了一个女孩，小小的个子，理了个男孩头，眼睛贼大，忽闪忽闪的，整个人像一颗豆子，紧实、精神，透着喜庆吉利，一看就让人欢喜。我的瘤子也喜欢这个女孩，它放出一圈气泡，浮在豆子女孩的头顶。气泡们一边转圈子，一边发出嚯嚯的叫声。如果豆子女孩抬起头，就会发现这样一个奇观，在她的头顶，五片灰色的花瓣来回飞舞，它们一会儿组成一朵花，一会儿又四散转圈，忽上忽下，忽高忽低，像一些灰色的蝴蝶，既奇怪又迷人。

但这个奇观没有人看见。

豆子女孩很淘气，她不好好蹲在一块石头上，而是叉着两腿，一只脚踏一块石头，这使她不得不撅着屁股。她撅着屁股拿起一件棉毛衫，捏着一头，让它在河水里漂。衣服一道红一道白，沾上水更加鲜艳跳眼。这时我瘤子里的蝴蝶贴到了水面上，它们在水和衣服之间盘旋。我心想她要是不小心手一松，那衣服就顺水漂到我跟前来了。

细胖却使劲捅我，他让我看“跳开放”那女孩。她正往一件衣服上蹭肥皂，那衣服有点奇怪，有许多带子，剪得七零八落。见我看不出名堂，细胖告诉我，这就是奶罩，现在年轻的女人都戴这个。但我想不通这东西怎么戴。

她们洗完了，天也快暗了。她们端着盆子回到大棚里，大棚亮起了灯，灯光从门口透出来，是一长溜的暖黄，而大棚的轮廓是黑的，就像一座碉堡。

我和细胖在碉堡外张望，一直都没看到她们出来。

第二天一早，我和细胖又到后河去，仍坐在河边。太阳都已经老高了，大棚里一点动静都没有。半天才出来一个小伙子，他拖着鞋到树林那边撒尿，撒完尿又进去了。又好半天，那几个女孩才到河边洗脸刷牙。她们理都不理我们，飞快地洗完脸就又进去了。

想等她们出来洗衣服，但一直不见人影。

倒是看见一个伙计出来淘米洗菜。也没什么菜，只洗一把芥菜。芥菜在我们这里一般没人吃，种倒是种很多，用来晒干，做霉干菜，冬天没菜吃的时候吃。

细胖走过去跟伙计说话，伙计很老实，问一句，他就答一句。

他说老板就是团长，一时还出不来，要罚一万块钱，现在托人去说，看能不能少罚点。还说大伙的钱老板都没给，连“跳开放”的小梅的钱都没给，小梅她自己愿意干，觉着这活轻松舒服。他说他叫小孟。说现在棚里没什么钱了，就这芥菜，还是后河的人给的，都吃了三天了。

蔬　菜

我和细胖一下就有了事情干。我们立即赶回王榨，细胖从他家的菜地拔了几棵白菜，我把院子里豆架上所有的蛾眉豆都一气摘了，我们把菜放在筐里，又赶着送到后河。我们径直来到大棚，把小孟叫出来。他一看见菜，就直搓手。我们说，这是地里长的，不值什么，你们放开吃，明天我们再送点来。我们一边说一边朝里面看，只见里面搭了好些蚊帐，蚊帐和蚊帐间还牵着绳子，绳子上晾着毛巾和细胖说的那种奶罩，中间男男女女围了两堆人在打牌。

他们留我们吃晚饭，我想留下，但细胖使劲扯我的衣服。我只好跟他走了。

第二天我们又去。我从家里带了一袋米，细胖拿了一瓶花生油。小孟见了我们，像见了熟人，他接过东西说，昨天送的菜还没吃完呢，只吃了不到一半。我看到他的鞋特别大，脚后跟用一只别针别住才穿稳了。小孟说像他这样的伙计和跳拉场舞的，老板不给钱，只管饭，谁愿走就走，歌舞团演到哪村都有人想跟来的。小孟说他没上过学，到外面闯也闯不出个名堂来，跟着大棚好玩，还长点见识，不用花钱就能看上“跳开放”。

说得我和细胖都想当大棚的伙计。

但小孟又说现在不缺人，已经有三个伙计了。那两个管拆装大棚运东西，他管做饭，开演的时候也帮着管看门收票。见我们有点失望，小孟便说有一个伙计快要回家娶媳妇了，他一走，就告诉我们。

随后的几天，我和细胖天天都到后河去，每次都没空着手。我们从别人的菜地里摘几只茄子，或者拔两棵白菜，最不济也能掐一把嫩红薯叶让小孟炒来吃。如果我们带来一捧花生米两捧黄豆，他们吃饭的时候就会特别兴奋。

把所有东西都吃过之后，我和细胖就到马连店去偷肉。

两个人搭档，细胖装着要买肉，他说要到别人家赶生日，割三斤肉。趁他跟摊主瞎扯，我拖了一块肉就装在裤子口袋里，摊主一点都没发现。那块肉看来有半斤多，有肥有瘦，小孟特意打了点酱油，又跟后河的年轻人要了点青蒜，肥瘦肉片跟青蒜一炒，香味把大棚里的人都引了出来，他们扑克都不打了，都站在门口等饭吃。小梅和小秋（现在我们已经知道她们的名字了）还捡了干树枝添到灶里。

第二天正好二皮叔给火车家杀猪，我要了两根肉骨头，又和细胖到别村的萝卜地拔了十几棵萝卜，萝卜还没长成，大的不到拳头大，小的只有土豆大小。

我们把萝卜切成方块，跟肉骨头炖了一大锅，每个人都美美地喝上了一大碗。小梅又让小孟把萝卜叶子用开水焯一下再炒来吃，等于是多了一个以前没吃过的青菜。

接下来的一天，我们又想出了新办法，从家里带了黄豆，到马连店用一斤黄豆换一斤豆腐，一斤豆腐有两块，切成片用油煎。豆腐不吃油，只用一点点油就煎好了，再多撒一点盐，吃起来又香又下饭。

我们留下来吃饭，看他们打扑克。细胖的大哥大胖在北京跟人搞装修，细胖手里经常有点钱，他有时候买瓶把啤酒跟男的喝，大家就都混熟了。

他们打的牌跟我们差不多，四个人就打拖拉机和升级，三个就打斗地主和跑得快。他们不打钱，看来真是没钱。打升级输了，就别一只臭袜子在脑门上，或者钻桌子、背椅子，有时也在脸上贴纸，也有纸上画一只乌龟，写上这个人的名字。只有一种五个人打的，叫打七，我和细胖都不会打，看着也不太明白。人多的时候他们玩十眼半，十来个人围成一圈，由一个来坐庄，每个人发一牌。还有一种叫钓三皮，也是一个人坐庄，但每人发三张牌。

小孟说，他们整天没事干就打牌，所以会的花样就多些。还有三打一和抓黑五他们没打。

我看小秋不怎么爱打牌，她一个人坐在一边打毛衣，但她也不是很爱安静，打一会儿她就要起来转转，转了一会儿她又觉得无聊。我想她是无聊了才打毛线的。我邀小秋小梅上我们王榨玩，但她们不想去王榨，要去马连店。

在路上，我和小秋小孟在前面，细胖跟小梅落在后面。我脑子里的瘤子听见细胖问小梅，你跳一次“开放”老板给你多少钱？小梅说，你问这干吗？细胖说，问问不成吗？小梅说，不成。细胖说，那天你“跳开放”我看见了。小梅说，看见又怎么样？细胖说，好看，我还想再看呢！小梅说，你就等着吧。细胖问，老板什么时候回来？小梅说，他回来我也不干了，他欠我的钱一直没给，我再也不干了。他回来我让他把工钱给我结了，拿了钱我就回家。细胖说，那我就看不成了？小梅说，你看别人吧，哪个棚都有“跳开放”的。细胖说，我就想看你。小梅不说话。细胖又问，你家在哪？小梅说，说了你也不知道，河南博爱，离这远着呢。细胖说，我们村有好几个人就到博爱修表，我跟他们到博爱看你去。小梅说，我不要你看！细胖说，看看还不成啊？小梅说，那你现在看，你看呀！

细胖又问，跳一次老板给你多少钱？小梅说，脱上面给五十，脱下面也给五十，上下全脱了给一百。细胖一听，脚步就停了，停了两步又紧走起来。他追上小梅，冲她说，我给你一百块，你跳一次“开放”给我一个人看。

小梅不理他，低着头追我们。

于是我们五个人一路走，一路听小孟说他小时候的事。小孟说他最恨他爸爸，他爸打人可狠了，打他，打他妈，打他妹。妈受不了，情愿被人拐走。爸花了五百块钱把她弄回来，回来还打，妈不想活了，喝了一次农药，没死成，后来跟人跑了。那时候他只有十四岁。他爸不让他上学，也不让他妹上学，他一天学都没上过，一个字都不认识，他是到了大棚才学会认自己的名字。他来大棚之前在北京干建筑，跟同乡出来，在工地上干杂活，给师傅打下手，供砖供灰料。在北京干了大半年，一次街都没上过，连天安门什么样都没见过。吃住都在工地上，顿顿都是大白菜，一个月才能吃上一顿肉。干了大半年，也没挣上几个钱，过年大伙都回家，他不想回，又没地方去，到了县城还是不想回家。正好那天碰到了一个歌舞团，叫“珠海歌舞团”，其实是安阳的，他跟着看演出，连看了七八天，觉得干大棚来劲，就跪在门口，求人家留下来打杂，他们就把他收了。后来那个“珠海歌舞团”散了，就转到了这“七姐妹歌舞团”。他说干大棚好玩，也就搭棚做饭，没什么重活。虽然没挣着什么钱，但什么地方都跑了，连北京的昌平、怀柔都去演过。将来买一件像老板那样的西装，再买双皮鞋，讨一个老婆，回老家开一个小卖部，卖点日用品，啤酒酱油什么的。

马连店正好是赶集日，人很多，东西也多，炸糕搞条鸡腿茶叶蛋，样样都有，衣服摊子，卖化妆品的，发卡头饰，边成一溜。两个女孩一路看过来，看得仔细，动手摸了几回，像是喜欢，但什么都没买。

路过茶叶蛋的时候，摊主正把一勺卤汁浇在茶叶蛋上，热气腾起，浓香直灌各人鼻子。大家纷纷扭过头看那茶叶蛋，吸着鼻子说，这蛋可真香。细胖看了看小梅，就掏出钱冲摊主说，来五个！大家都很欢喜，一个人捧着一只热腾腾的茶叶蛋，边吹气边吃起来。小孟说，好久没吃过茶叶蛋了。

仙　女

秋天是一个仙女出没的季节，仙女藏在成熟的庄稼里，花生黄豆高粱和红薯，它们的香气就是仙女的香气。花生黄豆收了，高粱也收了，再过几天，红薯也可以收了。二季的稻子刚刚灌浆，一粒一粒的，在谷壳里攒积着乳白色的浆液，谷浆的香气也开始升起来了，万物都在咯吱咯吱地响，连我奶奶这样耳背的人都能听得见。她说，幸亏我种了六个人的地，我们两个人够吃了，你妈一分钱不寄也行了。

马上就到八月十五了，月光朗朗。

我的瘤子里也月光朗朗，五个瘤子好像全都变轻了，它们飞离我的脑袋，在夜空中来回穿梭。在我瘤子的幻觉中，小梅穿了一件像花生壳一样的时装，花生壳散发着奶白色的柔光，细胖拿着一张百元大票，像陀螺一样转着圈。花生壳开了，小梅穿上了一身粉红色的裙子，跟花生衣的颜色一样，她从花生壳里走出来，在月光下走着台步，在细胖的眼里，小梅可是一个花生仙女。仙女也长着人的身体，她把纱衣撩开，两只奶坨子在月光下像玉一样光滑坚硬，根本不像人的身体。纱衣落在地上，仙女一丝不挂，她走到细胖跟前，月亮的光像探照灯一样聚拢，仙女全身月白，山高水深，细胖目瞪口呆。我的瘤子也目瞪口呆。

当然这些并没有发生。

一个人，如果脑子里没有长瘤子，就很难产生不切实际的幻想。小梅想，给很多人看也是一百块，而且现在这钱还没拿到，可能还要一直欠着，给一个人看也是一百，而且马上就能拿到，这事比较划算。同时她觉得细胖长得很好玩，胖胖的，老实厚道的样子，看见她眼睛就发亮，她愿意逗逗他。

细胖就用摩托车把小梅带到了路边的稻场上。稻场四面是一人多高的豆秸垛，像一个密封的舞台，豆秸干燥的气味给细胖一种温暖真实的感觉，跟他自家的柴房里差不多。

刚刚站到稻场上，小梅就打了一个响亮的喷嚏。

小梅说，这么凉，再脱衣服就要感冒了。细胖绕着稻场转了一圈，让小梅在谷仓的一个门洞里脱。小梅在门洞里站了一会儿，刚脱了外衣，又打了一个喷嚏。小梅说要脱只能脱上面，上下都脱肯定要感冒。细胖说上面就上面。小梅说光脱上面还是一百块。说完她很麻利地脱掉了套头的棉毛衫，里面只剩一副黑色的乳罩，她挺着胸让细胖看了一会，然后才把胸罩解掉，露出两只奶坨子。

细胖吸了一口气，伸手去摸，被小梅一巴掌打了下来。细胖很委屈，说，连个灯都没有，这么暗，看都看不清，说好了上下都脱，现在只脱上面，还不让摸。小梅就让他保证只摸一下。

他把小梅挤在门板上。小梅说，行了，细胖说，不行。小梅说，行了行了，细胖说，不行不行。小梅扭着身子，气有些不匀。她问，你一共带了多少钱？细胖说，一共就一百块。小梅又说，不行不行。细胖没反应过来，问，什么不行？小梅说，那个。细胖喘着气说，明天我补给你，不补我绝八代。他边说边摸索到小梅的牛仔裤前面的拉链，他的手指探进去，触到湿漉漉的毛丛，里面又热又黏。他把自己凑上去，够不着，左弄右弄就泄了。小梅很不高兴，说弄脏了她的裤子。

细胖和小梅在稻场的时候，我在大棚里打升级。我跟小秋一家，小孟跟另一个男的一家。我一出错牌，小秋就骂我笨。每次输了都由我一个人受罚，或者是头上吊两只臭袜子，脸上贴纸也贴两条，钻桌子也钻两次。如果画乌龟，则两只都写上我的名字。

小秋见我替她受罚，好像十分开心，咯咯笑得像只母鸡。

我也装作开心的样子，其实我不开心。我喜欢小秋，但她不喜欢我，她说我太小了，她喜欢比她大很多岁的人。小孟说她喜欢大棚里一个叫康龙的歌手，康龙人长得帅，有初中文化，能说会道，在团里兼跑外交，老板挺看重他，把他看成是自己人，对外说他是副团长，这两天他不在，正到处筹钱把老板弄出来。

我没见过这个康龙，我不想见他。我盼望他被车撞死，或者被派出所抓去关上十年八年，好让小秋趁早把他忘了。但小孟说其实康龙也不喜欢小秋，嫌她小。小梅也喜欢康龙，她"跳开放"的，人也开放，有时候晚上熄了灯，她就钻进康龙的蚊帐里，到天亮她还在人家的被窝里呢。不过看样子康龙不会娶她当老婆。

小孟把我心里说得乱七八糟的。

但一看见小秋咯咯笑的样子，我又会高兴起来。我被罚在桌子底下爬，看见小秋穿的皮鞋已经很旧了，鞋头有很深的几道褶，而且还不太合脚，有点大。我想，要是小秋跟我好，我明天就把奶奶的钱找出来，给她买一双好皮鞋。这样想着我就伸手量小秋的脚长，一拃多一点。小秋不知道我在桌子底下干什么，她踢踢我，催我快出来。她踢得很轻。我愿意她踢我。

升级打了三轮，快十二点了，细胖和小梅才回来。

他们一回来我们就散了。细胖用他的摩托车带我回王榨，路上他大声唱《我等到花儿也谢了》，反反复复就是那几句，这是这几天他跟小孟学的，唱累了他才跟我说话，他说大头你不知道，别看这小梅"跳开放"，她其实是个好女人，心软，人又长得有味道，眼睛眯眯的特别迷人，身上哪哪都是肉，真是馋死人了。他说明天来给她带一袋煮熟的花生当零食，再带一点炒黄豆，再煮几个茶叶蛋，去年的苕果没吃完，也带上一点，家里还有酸豇豆，用荷叶包上，女孩喜欢酸东西。

他把吃的数了一遍，又想起前几天，小梅在饭桌上说，她好久没吃鱼了。那次我和细胖去马连店弄肉，她们吃上了肉，接着又吃了肉骨头炖萝卜、煎豆腐，就把鱼忘记了。细胖说他一定要给小梅弄点鱼吃吃。

细胖一路说话，又像跟我商量，又像自言自语。我一会儿能听见，一会儿又听不见。我则想着怎么才把奶奶的钱偷出来，好给小秋买双高跟皮鞋。

晚上一夜乱梦，我梦见小秋也上台“跳开放”了。

她穿着我给她买的高跟鞋，身上穿着白纱裙，她把带子一解，小坎肩就掉了，肩膀全光着。我挤在人群里着急，想挤又挤不过去，想喊又喊不出来。这时候台上上来一个男歌手，他们说这就是康龙。小秋看见康龙，立即就把上身脱掉了，我一看不好，嗖的一下跳起身，像电视里的侠客，从观众头上腾空连走几步，一个跟斗翻到台上，我照着康龙就是一拳，康龙脸上顿时开了花，鲜血四溅，像雨一样落在台上，连小秋的纱裙也沾上了血，鲜红鲜红的，十分吓人。

从梦中惊醒的时候天已经大亮，我感到头昏脑涨，身子发沉，好像连脑子里的瘤子都是沉的。很快我又睡着了。这回梦见了吃的，有炒黄豆、茶叶蛋、煮花生、肉片炒青蒜、煎鱼、炖萝卜，它们从小孟的口袋里一样一样端出来，全都摆齐了。其中煎鱼的香味特别浓，特别香，我顾不上拿筷子，伸手就抓着了最上面的那条，正想吃，却被人一推，鱼掉地上了，我扭头一看，是细胖在推我。他边推边喊：大头大头快起来！

睁开眼，看到真的是细胖。他斜背着一只马桶包，一阵阵的煎鱼香味扑鼻而来。细胖摇着我大声喊道，快起床吧你！脸上是一副着火的样子。在我穿衣服的时候他又是一阵哇啦哇啦，用火烧眉毛的速度说了一串话。

我终于明白，他说的是，“七姐妹歌舞团”已经走掉，据后河的人说，天刚亮就装好车走了。细胖到的时候只看见一堆垃圾，大棚没有了，小梅、小孟，统统都不见了。

细胖在我家气得直跺脚，连连说，怎么连声招呼都不打，说都不说一声。他一早就让鱼客捞鱼，让奶奶煎好，没顾得上叫我就急着送去，结果连人影都没见着。

我们又生气又纳闷，十分委屈。想来想去，决定去追。

散　花

天阴着，有点凉，快到后河的时候飘起了细雨。

我们心里上着火，细雨落在额头上，反倒觉着舒服。路上没什么人，我们一路猛冲，飙得飞快，碰到沟坎或者石头也不躲，颠得屁股生痛生痛的。风刮在脸上，两边的稻田翻着白绿色的浪头。

不知道找到了又能怎么样，但又怎么能不找呢？夜里梦见了小秋，要梦见一个人不是那么容易的，她在你心上才能梦得见。梦一醒来就没有了，但找着她们还能见得着真的人。我慢慢想清楚，找着了也只能是看看她们。如果她们演出，我能看见小秋的拉场舞，细胖能看到小梅的“跳开放”。如果小秋真的像梦里那样也去“跳开放”，我也没有资格去拦她，她要是喜欢康龙，我更是没有任何办法。

飙着车很快就到了后河。细胖直接把我拉到原来大棚驻扎的地方，果然连影都没有了，全空了。我往河里看了看，一些发黄的萝卜叶子还挂在河边的烂树枝上，这还是我和细胖去弄来的萝卜，现在只有它们才能证明我们的心情。

出了后河上大路有两个方向，一条通向上陂，一条通散花。上陂有个大集，散花集小一点，细胖估计他们去了上陂，我估计他们去了散花。两下里想了想，好像上陂近一点。

我们决定去上陂。路上走了一个多小时，到了上陂，却没有，但听说巴塘那边有一个大棚歌舞团在演。

又赶到巴塘。

果然远远就听到了大喇叭的音乐声，细胖听了两句，就听出是《涛声依旧》，我们在后河大棚里打扑克的时候小孟就爱放这个歌。卡车也有点像，车屁股上也贴了纸：大人五元，小孩二元。但看门的人我们不认识，我们要进去，被他拦住了。我们说找小孟，他说这里没什么小孟，谁要进去都得买票。我们又说找小梅，他不搭理我们，只管吆喝人买票。细胖急得直跳脚，给他比画了一拳，没真打着他。

这时出来一个人，我们一看，也不认识，这才想起问。他们也是河南平顶山来的，叫“银河歌舞团”，不是“七姐妹”，说起来，他们还认识“七姐妹歌舞团”的康龙，他就是从这里跳槽到“七姐妹”的。

一下觉得人很累，又累又饿，我们上午出来，先到后河，又到上陂，接着又赶到巴塘，折腾了大半天，该是吃晚饭的时候了。

出到巴塘集市，看到有些人家在门口上灯，才想起来今天是八月十五中秋节。我们坐在关了门的农机站门口，对面扯坨粑的甜香气传过来，我忽然想回家了。

这几天我天天脑子里都想着小秋，一点都没想到我奶奶。现在奶奶从扯坨粑里出来了，她说，大头你这几天去哪了，奶奶给你做了扯坨粑，还做了起家糕。她在家门口的竹筒里插上了一炷香，说，大头你也去拜一拜吧，让它保佑你讨个好媳妇。想到奶奶，我肚子更饿了，我说我想回家，细胖不让，他说今晚如果不赶到散花，明天他们或许就走得更远了，追都追不上了，永远都见不着了。

我们在巴塘找了一家面馆想吃米粉，但当天的米粉全卖光了，只好吃面。这里的价钱跟马连店一样，两块钱一碗，用肉汤下的面，有一点肉星，几段小白菜叶子。添一只生鸡蛋打在热汤里，要多加五毛钱。加一只煎鸡蛋，就要多一块钱。一碗蛋面三块钱，实在太贵了。

细胖一咬牙，决定吃马桶包里的煎鱼。鱼包裹得很好，里面一层白菜叶子，外面两层塑料袋。鱼煎得连头带尾，一点都没断，用的是当年的菜籽油，两面都黄澄澄油汪汪的，鱼香十分诱人。一共有六七条，我和细胖一人一条，剩下的仍然用菜叶包好放回马桶包。吃着鱼，我又不想我奶奶了。菜籽油煎的鱼特别香，我仔细吮遍每一根骨头，把鱼头鱼尾全都吃得一点不剩，吃完了面，又要了半碗面汤，全喝光了，全身上下十分舒服。

月亮已经升起来了，白天下过雨，地上虽然有点脏，但天上特别干净，月亮白白胖胖的，好像也吃了鱼和面汤，变得松软和善，神采奕奕。

我们尿了一泡尿又重新上路，月光照着大路，空气清新湿润，我们心情很好。我学细胖唱《涛声依旧》，唱得不对，细胖带了我一遍。然后他又唱起了《心声》，他唱得虽然比大棚里的歌手差，但比小孟却好多了。唱完后细胖特别陶醉，他说他想参加大棚，他不要工钱，也不用他们管饭，先进去再说，听小孟说要是给那个鼓手三百块钱，他就可以教打鼓和口技。细胖觉得跑大棚比干什么都有意思，又能玩，看表演又不用花钱，跟着到处去，还能天天跟小梅在一起。说完细胖又唱了起来，我听着有点耳熟，却想不起来什么歌名。

九点多我们就到了散花，“七姐妹”团果然在。

表演正到高潮，尖叫声和口哨声一浪一浪地从大棚里传出来。门口还围了几重人，都是些又想看又不想买票的。守门的正是小孟和另一个伙计，他见了我们很热情，连连回头喊棚里的小秋。小秋早没事了，一听见喊就跑出来领我们进去。

小秋外面套了件外衣，里面还穿着演出的衣服。我第一次见她穿这种半透明的纱裙子。她脸上还化着妆，画着弯弯的眉毛，脸上的粉扑得很匀，就像长在她皮肤上，慢慢地红到腮顶，又慢慢地淡到头发根，她的嘴唇亮晶晶，像果冻一样，甜丝丝的。她领我们绕到后门，从那进去是后台，也是他们晚上睡觉的地方，一顶蚊帐连着一顶蚊帐，跟在后河的时候一样。

到了台侧，强烈的光线照在小秋的身上，我觉得她更好看了，就像仙女一样，连头发都一闪一闪地发光，仔细看才发现是一些电光纸的碎片。她身上也在发光，纱裙各处缀着一些小亮片，跟绿豆大小，有的金色，有的银色。两粒亮片正好镶在奶坨尖的位置上，看起来就像她的奶坨自己闪着光芒。

台下又是一阵尖叫，我连忙往那边看，原来小梅已经开始脱了。

她的上身只剩下了一副奶罩，胸前扑了一些闪光的金粉。灯光暗一阵亮一阵，暗的时候满场嘘声，灯一亮，掌声口哨尖叫声直震耳朵。小梅仰着脸，脸上一片傲岸，跟电视里的时装模特一样。她的头发束起来高高地竖在脑后，戴着一只用硬纸糊成的皇冠，上面贴了金纸，闪闪发光。她抬着下巴绕场一周，然后她的手往胸前一按，奶罩落到地上，顿时，胸前的两坨肉赤裸裸地出现在灯光下。全场的人直着眼，静得连咳嗽声都没有，生怕一出声事情就会有变化。但灯还是暗了，暗了又亮了，亮了的时候小梅又开始绕场一周，由于没有罩子护着，她走起来身上一颤一颤的，看上去真是惊心动魄。她走到我这边的时候，奶坨子和旁边的一颗痣都看得清清楚楚，我觉得脚直发软。

小梅又穿上了胸罩，又开始绕场。绕到当中的时候她浅浅露齿一笑，软软地说：谢谢光临，欢迎大家明晚再来。据小孟说，“跳开放”一般第一个晚上不会脱光，一般只脱上面，第二天只脱下面，第三天才有可能上下全脱。

演员上场谢幕，台下都站着不走，人人都跟捅了马蜂窝一样兴奋。马蜂钻进大家的血管里，来回乱窜，血被马蜂一叮，都拼命飞奔，人人都像喝了酒似的，脸上红着亮着，头有点昏，身体有点飘，脚有点软，跟喝醉一样，一个个伸长着脖子等着看小梅，小梅却不见了。

散花的大棚也是在河边安营扎寨，跟后河一样。这里的河叫散花河，春天的时候我跟四叔去黄石做生意，就从散花经过，正好我们坐在车上靠河这边，上一单生意他卖内衣，一星期赚了两万，心情特别好，他指给我看散花河，说这河一直流到武汉，流到长江，然后流到大海。他还说等他赚足了钱，就到海南做生意，把我也带上，这样我就能看见海了。但据小孟说，看海用不着去海南，到山东就能看到，他跑大棚全国都跑遍了，连北京都去了三趟，天安门也看过了。

散花河比后河宽，岸上长着竹子，新砍竹子的清香味一阵一阵的，不知是哪家的竹园。大棚紧靠着竹园支着。月亮又圆又白，已经升到了竹子的头顶，像一盏大汽灯，把竹园照得一清二楚。

竹园的竹子特别疏，地上有不少几寸长的竹茬尖，这是新砍了竹子。我小心绕开茬尖，这玩意儿尖得跟二皮叔的杀猪刀似的，一不小心就得划破我的鞋。我只顾看脚底下，没走出几步，一抬头就看到了细胖和小梅。

两人面对面站着，谁也没说话，煎鱼的香气像蚊子似的绕着他们转。

这时我脑子里的瘤子嗡的一下醒了过来，瘤子说，傻瓜，快别过去！我就停了下来。我轻着脚步退到竹园外面，再绕到河岸上，然后坐在离他们两三丈远的地方。我一路走，脑子里的瘤子却停留在原来的地方，一切它都看见了。

细胖拿出煎鱼，小梅接过就走。细胖说，你别走，小梅说，不走干吗？细胖说，上次说好让我看，只看了上半身，还有下半身没看呢！小梅说，那你明天晚上来，明晚上我脱下面。后天晚上也行，后晚上下都脱。

细胖说，我要一个人看。小梅一扭头，不答话。细胖说那你把钱还一半给我。小梅说，太冷了。细胖说，刚才你还说热呢，正好你还穿着台上的衣服，一扯就脱了。细胖就伸手去扯，两人扭成一团，细胖把小梅按在了地上，他压上去，有一阵没声音，但一会儿小梅又挣扎着起来了，细胖一推，小梅往后一倒，结果“噗”的一下，仰面倒在了竹园里。

我听到一声奇怪的声音，就在小梅快要贴近地面的时候，“噗”的一下，听到这个声音我全身一激灵，鸡皮疙瘩一下全都涌上来了。身上一阵发痒，又一阵发冷。我的瘤子也木了，一时听不见任何别的声音。

不知道发生了什么事情，只觉得又冷又奇怪。

过了好一会儿，我听见细胖喊小梅，他的声音也变得有点怪，他喘着气，发着抖，哑着嗓子喊：小梅——

我突然明白，那“噗”的一声是什么声音了，那是二皮叔杀猪放生的声音，锋利雪亮的尖刀，以闪电的速度，带着鬼神的力量，“噗”的一下捅在猪脖子正中，就是这样，“噗”的一声，刀尖捅进了命门，猪连痛都来不及痛就断了气。

在竹园里怎么会有这个声音？

没有人杀猪，只有竹子、河水和月亮，是什么东西变成了刀呢？

小梅一直没有动静。

一切真是太奇怪了。我走到跟前，细胖说，完了。他坐在地上，不停地说，怎么办呢？这下可怎么办呢？细胖说，我们赶快跑吧，逃到新疆去。

我壮着胆探了探小梅的鼻子，还有气。我把她的头抱起来，抱不动，像一块大石头，我觉得人的脑袋不会有这么重。我和细胖两个人抱着小梅往上拔，使出全身劲才把她拔出来。她后脖子的正中插在了一支新砍的竹茬的茬尖上，那地方叫对口，是一个人的命门，会功夫的人往那插一根筷子就能把人弄死，那地方长了疮，就叫对口疮，没救。

但小梅还没断气，送到医院还是就地等她断气，我们又没了主意。

细胖不停地问我怎么办。我绕着小梅转了几圈，决定先离开这里。

我们把小梅弄到摩托车的后座，我再紧挨着她坐上去，一左一右抓着她的胳臂，下边也同样一左一右用我的脚面托着她的脚。月光朗朗，竹影婆娑，我们骑着摩托，仓皇出逃。

细胖在家睡了两天，然后他又骑着摩托车到处闲逛，但他不去赶大棚，也不去马连店看录像，而是往后河那边去。他奶问他，他就说去药鱼。过了没两天，就听说黑臼塘那边的一个深坎里发现了女尸，全村的人都赶去看了，有的人上午去看了下午又去，看到天黑才回来。回来说，那女孩挺漂亮，很白，奶坨高高的，细腰，里面连裤头都没有，公安的人说女孩身上有精液，基本断定是奸杀。第二天村里的人又去看，回来说，人很多，里外十几层人，后河、巴塘、上陂、散花都有人来看，把那片稻田都踩成烂泥了。稻田的主人家连夜泼了粪，但想看女尸的谁都不怕脏，人人踩了一脚粪，臭烘烘地围着看。那女孩实在是好看，穿着吊带裙，在胸口系着，一解就开，法医验尸的时候解开了，全身光着，后来又系上了，大腿盖不上，能看见腿根。后河散花的人都认出这女孩就是“七姐妹”跳开放的小梅。“七姐妹”已经去山东了，公安的人明天就派人去山东。

我和细胖都没有去看。

细胖来找我，让我跟他一起去新疆。我不想去，我又没有杀人，而且我脑子里有五个瘤子，百六九和同济医院都说我活不长了。细胖说要是被抓住，肯定要判刑，判了刑，以后就找不着媳妇了，他家把媳妇都给他说好了，过年就要娶过来，亲都认过了，房子都盖好了，礼钱也给了，他奶就等着抱孙子了。细胖说着就呜呜哭了起来。哭了一会儿他又不哭了，他问我是不是想好了真的不走。我说我去了我妈肯定嫌我，我爸在新疆蹲监狱，我妈给人做饭，她又生了个双胞胎，见了我准烦。

细胖忽然问我是不是还不到十六？我说还差几天，老历八月十九的。他眼睛立即就放出了光，他在我的肩膀后背膝盖各各乱拍了几下，说，不满十八岁不判刑，你不跑正好，要是他们抓你，你就替我认了那事，反正也不判你刑，我让我爸给你三千块钱。我一时有点懵，没说出话来。他马上又说，加到四千。这样我就点了头。他说你肯定不会有事的。

事情就这样决定了。

像光一样飞

我的瘤子在看守所里没有发作。相反，它比任何时候都更安静，既不痛，也没有特别口渴。我睡在紧靠着尿桶的地方，尿臊味太呛了，这是我最难受的地方。

在尿臊味中我半醒半睡地躺着，感到自己正坐在细胖的摩托车后座上，小梅坐在我的前面，我像驾车一样抓着她的两只胳膊。她的身子发沉，直往我身上倒，长发撩到我的鼻子上，有一股血腥味，跟鱼腥味有点像。她脖子后的对口还在渗血，细胖用包煎鱼的塑料袋往那扎了一下，但没什么用。细胖上车之后我就把小梅往他后背靠，我只拿着她的胳膊。

我们在路上飞驰。

月光铺天盖地，白得晃眼，好像天兵天将都已经知道了消息，就埋伏在路边的稻田里。水稻一浪涌着一浪，我的瘤子里满是放大了的风声，呼嚓呼嚓地响，使人不由得心惊肉跳。

我们只顾沿着大路狂冲，根本没想到辨别方向，经过一个集镇的时候我们停了下来，路边有一个卫生所，半掩着门，我们停下来，不知道该不该送小梅进去抢救。我们在屋檐的阴影里发愣，白得吓人的月光照不到身上，这使我感到镇定了一点。刚喘了两口气，一辆拖拉机迎面开过来，车灯的光柱扫过来，惊得我和细胖同时别过脸。

车一过又慌里慌张上路。

走出了半碗茶的功夫，我发现事情有点不对。一开始我不知道是什么地方不对劲，月亮惨白惨白的，两边的稻田动荡起伏，风吹得后脑勺凉飕飕，凉得跟平时不一样，那是因为头发根出了汗，后背也出汗了，风一吹，就像浇了冰水。

但还是不对劲。我想摸一下自己的后脖子，手刚一松，小梅的上半身差点全靠在我身上了。我赶紧抓住她，这一抓，直接碰到了她的手，又冷又重，简直就像死人的手。

我吓得一下头全麻了。

细胖把车停在路边的稻场上，这正是那天他把小梅从后河的大棚里带出来，给她一百块钱，让她给他“跳开放”的那个稻场。我们一路狂奔，顾不上看路，原来不觉中又到了后河。

稻场上到处都是豆秸垛，月亮已经不在头顶上，所以豆秸垛的阴影比较长。我们在阴影中，就像在一个阴影的地洞里。

小梅已经断气了，她平躺在地上，身上半是月光半是阴影。

细胖跪在地上摸她，手很轻，好像她还活着。他的手从她的脸落到她的脖子，突然停了下来，他说，小梅，这是什么东西？他把她挪到月光下，然后抱起她的头来摸她的后脖子，一边自言自语说，怎么会系着一个塑料袋？太难看了！他抱着她的上半身使劲扯，还不时地用牙齿咬，他的头一次次埋进她的颈窝，胸口则不停地压在她的胸上，看上去就像一对男女在亲热。小梅的外套一直敞着没扣，里面穿着“跳开放”的裙子，在胸口系了一个结，细胖把小梅脖子上的塑料袋扯弄开的时候，她裙子上的结也松了。

她的裙子敞到了两边，全身都露了出来。

在中秋的月光下，小梅的赤裸的身体像玉一样又白又凉，她的乳罩不知什么时候弄开了，两只奶坨子毫无遮挡地挺立在月光中，显得特别大，但看上去却又是孤零零的。下面还穿着一条小裤衩，没有了裙子，裤衩也显得没有了依靠，孤单得让人揪心。月光虽然明亮，但她两腿之间满是阴影，神秘，深不可测。

他觉得她没有死。他埋下头，好像一只蚂蟥找到了它的食物。他用脸蹭她的全身，她的腰、腿，然后他就把她的裤衩弄下来了。他把她的两腿分开，阴影在飞，云在飞，一片盖着一片，豆秸垛、树木、月亮、仓库、远处的路，统统变得灼热，就像一锅将开的水。细胖全身燃烧起来，他的手脚、胸口、腿根，不知哪一块最先烧起来，它们在一瞬间坚硬如铁，又轻盈如水，脱离了他的身体和大脑，缠绕着小梅越来越凉的身体，如同飞蛾扑向火光。

每到夜晚，我就看见瘤子像花瓣那样，它们从我的头顶飞出，飞到号子里仅有的一块月光中。小窗在墙和屋顶交界处，隔着好几根铁棍子，月光也是一道一道的。灰色的花瓣在月光里上下翻飞，有时也像蝴蝶，也像树叶，也像眼睛，它们像号子夜晚的空气那样深灰，没有人能看见它们。

这些灰色的花瓣就是我，我经历过的事情它们经历了，我没经历的事情它们也经历了。它们长在我的身体里又从我的身体飞升，整个世界历历在目。

2002年6月25日初稿，10月定稿

后记：野生的万物

一、野生的自己

写作《万物花开》，首先是想满足自己。到达一个从未去过的地方，变成一个从未见过的人。在头顶长出翅膀，在脚下长出高跷。横着生长，竖着也生长，像野草一样肆意。

原先我小说中的某种女人消失了，她们曾经古怪、神秘、歇斯底里、自怨自艾，也性感，也优雅，也魅惑，但现在她们不见了。阴雨天的窃窃私语，窗帘掩映的故事，尖叫、呻吟、呼喊，失神的目光，留到最后又剪掉的长发，她们生活在我的纸上，到现在，有十多年了吧？但她们说不见就不见了，就像出了一场太阳，水汽立马就干了。

干了的地上长出了油菜花，还有麦子、花生、黄豆、高粱、芝麻，还有各种草，还有狗、鸡、鸭子、牛、猪，当然还有人，一个名叫大头的男孩，他的脑袋里长了五个瘤子，他快死了，但他没有死，他一天又一天地活着。

但这个大头，却是我。我从房间来到地边，跟牛和南瓜厮混在一起，肌肤相亲，肝脏相连，我就这样成为了万物。那个杀猪的人、制造土铳的人、幻想长出翅膀的人，烂货、妖精，他们不是我又是谁呢？那些火光、那些鬼、那些西瓜、竹子和红薯，特别是，大头脑袋里的五个瘤子，它们必定是我。一个人的万物，就是这样生长出来的。

《万物花开》，到底是转型了还是没有转，我不准备回答这样的问题。类型和主义，我愿意让它们躲在我看不见的地方。让大头脑袋里的瘤子，轻轻跳过这些栅栏，来到繁茂生长着的青草中间。

二、天 意

觉得是一种天意。

想种一棵树，但没有泥土。迟疑间，泥土自己却跑来了。它们翻着跟斗，千里迢迢，从湖北农村跑过来，它们变成一个叫作木珍的女人，在厨房里跟我讲故事。她大概是老天爷派来的吧。天说，有一个王榨，于是就有了一个王榨；天又说，王榨有一个大头，于是又有了一个大头。

我不知道怎样去写一个我从未去过的地方，怎样成为一个我从未见过的人。但我多想成为一个别人啊！一个人的一生是有限的，多一种人生是对我们的安慰，成为万物则是我们的妄想。就让我成为大头吧，我只当大头，不当别人。我坚信自己是大头，于是，我就成为了大头。

愿大头长久地活着，活在珍贵的人间。

三、万物的翅膀

二皮叔和大头做好了高跷和翅膀，他们在王榨的上空飞起来了，当然这不是真的。但如果他们不飞，抓着了就会被罚款，私自杀一头猪要罚六千元，若给乡里的食品站杀却又要交一百八十元钱，这里面包括地税、定点宰杀费、工商管理费、个体管理费、服务设施费、动物检疫费、消毒费、防疫费、卫生费，国税二十四元还要自己另外交，这一切让人难以置信，但却是真的。我反复求证，这些数字就是真的。来自农村的亲戚说，罚六千块钱的条子还在我家，不过今年没有去年罚得紧了。

我没有别的办法。

一个人怎么能不长一双翅膀呢？人活在大地上，多少都是要长出翅膀的吧。大头的翅膀，长在他的瘤子里；二皮叔的翅膀，长在他的刀锋上；花痴的翅膀，长出了金黄的颜色。三躲的翅膀长在哪里，我不知道，但它们在暗中飞翔，以微光照耀她心中的黑夜。

愿万物都有翅膀。

2003 年 2 月 16 日

《万物花开》闲聊录

陈思和 VS 林白

一、北京与武汉：文化权力以外的写作

陈思和： 林白你这次是从北京到武汉，然后从武汉绕到上海来，听说你是准备离开北京，到武汉文学院去当专业作家？我觉得，对你这样一个从边缘地区进入北京定居的作家，走出这一步是非常不容易的。现在整个社会、经济发展趋势，是边缘逐步向中心集中，农村向都市集中，小都市向大都市集中，许许多多来自内地的作家也都开始集中在北京、上海这样一些大城市。你在北京已经有了房子，有了户口，有了丈夫和孩子，而且有相当高的知名度，在这种情况下，要决定离开北京到武汉去当一个专业作家，你觉得，这是你深思熟虑的结果，还是一时冲动？不会是因为爱上了一个武汉的什么人？

林　白（笑）：那，我一定憋口气，争取在武汉爱上一个人，不然心里觉得亏得慌，把你的话给辜负了。我自己在北京十几年，说句老实话，已经有点厌倦了。北京这个城市，对我来说始终是别人的，它是个异乡。我在那里虽然生活了十几年，还是分不清楚东南西北。我在北京生活得越久，异类感就越强烈，虽然有自己的家庭，还时不时地感到流离失所，内心有一种惨痛和伤怀。在北京我的生活很空旷荒凉，始终没有自己的社交圈子，面对北京这样一个巨大的城市，待得越久越觉得冰冷坚硬。往哪一个方向看都没有暖意，真的有一种叫天不应叫

地不灵的感觉。前天在武汉我就是这样跟李修文讲的，是我的原话。肯定有人认为我夸张了，但我心里就是这样想的。我想，如果有一个什么机会，能够到一个什么地方去，让自己的生活有一点新的改变，能寻找到一个新的生活空间，我很愿意的。

陈思和：武汉对你来说也不是个陌生的地方，读大学就在那个地方。

林　白：对，我跟武汉的缘分很奇怪的，也不知道为什么。我高考填志愿的时候，第一志愿就是武汉大学图书馆系，我也没去过武汉，武汉也没有我的亲戚。然后在那里念了四年书，然后分到广西。

陈思和：那你这次回到武汉，感不感到一种亲切感？

林　白：也没有。但是从概念上去想的话，那种楚文化——我也不怎么喜欢“文化”这个词——这种楚地气息，可能还是跟我有气息相通的地方。我自己是岭南人，岭南巫文化有很多鬼神，楚地也有很多鬼神的传说，所以我想，还是应该有一种深处的，从根底上跟我气息相通的东西。

陈思和：那么，北京还是有些细微之处让你感到厌倦了？

林　白：我没有具体厌倦什么。北京对我来说，它不是一个血肉的北京，它是个抽象的北京，是个符号化的北京，所谓的政治中心、国际大都市。我觉得是有被排斥感的。北京有很强烈的艺术气氛，它有摇滚，有实验戏剧，有很多流浪艺术家去寻找机会，北京能够刺激他们，它还是一个有活力的城市，有它的文化吸引力。我也不是特别喜欢武汉。我就是在北京感到厌倦，也就是对现在的生活状态，一天到晚在家里写东西的生活状态感到厌倦。作家还是应该有新的生活空间。然后武汉有这样一个机缘，邓一光他们要改变武汉文学院的生态。很多朋友觉得我放弃北京户口是一件大事。在这个事情前后，我写了一篇小说，叫《狐狸十三段》，第一主题就是异类感，故乡已经不存在了，除了前往他乡无处可去。而且调动是一件难度很大的事，邓一光做了很多努力，池莉也出面了。所以啊，武汉就是火坑，我也要把它当成爱人的怀抱。

二、从《一个人的战争》到《万物花开》：生命能量的释放

陈思和： 我过去写过一篇《林白论》，讨论你的创作。我觉得你有一个非常有意思的地方，你一直被大家称作女权主义、女性主义的作家。但你的女性主义跟国内其他的女性主义有很不一样的地方。很多女性主义作家可能是先接受了西方的女性主义的理论，然后用这个理论来调动自己的生活经验，来迎合或者图解理论。这是中国女性小说的一个基本特点。但是

你林白相反。林白的女性主义，某种意义上说，是你自己的经历和遭遇。比如《一个人的战争》里，女性主义意识都是在与男性权力为中心的社会的关系中体现出来的。林白从来就不是一个自觉的女性主义者。你是凭感性出发，本来是非常希望能够被这个男性权力为中心的社会所接受。从地域上说，边缘被中心接受，从个人来说，是女性被男权社会所接受。所以，你看《一个人的战争》，主人公就是不断从边区北流，到武汉，又到北京，整个的一个进入中心的天路历程，她不断地朝中心走。而这个过程当中，我就注意到一个情况，每次写多米性爱的遭遇，她遭遇男性，没有一次多米是非常真心地去拒绝男性的，不管是被甜言蜜语迷惑，是被骗的，还是真心恋爱，甚至是被强暴，自觉不自觉，她都有一种希望被接纳的愿望。可是不管她的愿望多么好，很快地，她总是被拒绝。这实际上是有象征意义的，就是一个女性，在男性社会里面，她企图成为男性社会的被接纳者，可是男性社会并不接纳她，所以，她经历的是一个被一再拒绝的过程。然而在拒绝当中，女性主义产生出来了。这是在男性社会的遭遇中产生出来，而不是自觉的。《一个人的战争》刚发表的时候，批评家都觉得很难完全把它归类于女性主义、女权主义。到了后来，《说吧，房间》大家比较认同了，因为《说吧，房间》是一个比较完整的女性主义的文本，两个女性的遭遇，包括很多场景的描写，都带有某种概念的演绎。而在《一个人的战争》里，始终写的是一个孤立无援的，一再被拒绝的，哪怕去讨好也被拒绝的状态。这种状态产生出绝望和反抗，甚至是故意的报复。所以，我宁可把《一个人的战争》作为你的代表作。另外你的几个中篇也非常好。

作为一个艺术家，我觉得你的女性主义的心路历程带有某种复杂性和个案性，它不是一个共性的东西。这种个案性通过艺术家的特殊的手段表达，就是林白创作风格中比较显著的，暴力主义和唯美主义两者之间的结合。刚才周立民也说过，在中国，女作家一般可能更多是对生活常态的描述，这种常态的生活，把握不好就成为对平庸生活的复述。而林白的创作始终是在非常态里，不是说她表现天崩地裂的事件，而体现在心理上，在平静的生活中却有着人物心理的极度夸张。

就像《致命的飞翔》那种暴力性，用审美的方式去写，可以把血溅得像天女散花。这种东西，如果一个男性作家来写，很可能就是渲染残酷和血腥，而林白不是，你用唯美的方法去处理它。你写暴力不完全是让人震惊，还有让人感觉到内心积郁的东西都喷发出来的一种快感。这是生命力的爆发。小说写到结尾，所有的东西都找到一个突破口，喷出来了。这样一个结尾，实际上就是前面那个女性不断被伤害，积蓄下来的一种生命的能量。

林　白：“生命的能量”这个说法很适合我。

陈思和：但我觉得《万物花开》恰恰相反，正好是在你就要做出选择，从北京到武汉去之前夕，从京城里离开，到边缘去。实际上，你走的是你的生命历程，如果北京是终点，到了北京，在北京住下来，目的达到了，但你终于看破了这个被所有人向往的权力文化中心，这个中心究竟是什么？你看到了这跟自己生命追求的价值，到底是一个什么样的关系。所以，你在朝北京进的时候，《一个人的战争》就是你个人生命痕迹的延伸。而现在你要往回走了，往回走，我觉得是有原因的。其实，你即使到了北京，重要作品的场景都是写以前的生活。这就是说作品里反映的，还是以前的生活场景，而不是北京的生活场景。这很重要。这个问题决定了你林白不可能把多米的故事搬到京城再继续写下去。

林　白：这是很怪的。我在北京很封闭。我写过一篇文章，《内心的故乡》，也提到北京，引用了王粲的一句诗："虽信美而非吾土"，这是《登楼赋》里的。不能说北京不好，但再好也跟我没有太大关系。所以我现在有一个机缘，其实也有点天遂人愿，简直是奇迹了。现在全国作家协会都不要专业作家了，到处都说消化不了专业作家，武汉文学院也已经满了，然后就出来这么一个机缘。

陈思和：这对你来说可能就是一种转折。这种转折，它包容的东西在《万物花开》里面体现出来了。我很欣赏《万物花开》后记里面谈的，一个古怪的、神秘的、歇斯底里的、自怨自艾的，同时也性感、优雅、魅惑的女人不见了，然后就出现了另外一种东西。一些先锋作家，本来都描写过一些古怪的人物，可是到了二十世纪九十年代以后，大多数作家都转变了，回到世俗，或者讲得好听一点，平实了，不那么偏激了；可是林白你却相反。你在偏激的、异端的东西里，那种“生命的能量”仍然保留着，可是场景不一样了。这个场景，我觉得，是找到了一个力量来表达，也就是说，一个从边缘来的人，在北京找了很久没有找到的东西，回过头来，在民间找到了。当然，民间是不是已经真的找到，这是不是真的民间，是不是代表所有的民间世界，这些问题都是可以深入讨论的。但是，你迈出了很好的一步，看到了中国的真正的力量在哪儿，所谓的一种生机。我是很喜欢“万物花开”这个名字。它原来的名字叫……

林　白：最早就叫“万物花开”，没动笔就有这个名字了。写完后觉得“万物花开”太张扬，又打算叫“散花记”或“散花”，在《花城》发表时还想叫“散花记”，田瑛坚持，就算了。现在觉得“万物花开”也对。

陈思和：“万物花开”好。它既能容纳很多东西，同时又能打开，能将内在的力量释放出来，但这种释放不是将所有的东西杂陈在那里，它是需要消耗心力的，这种力量从哪里来呢？

林　白：这点我最说不清楚，《万物花开》的素材是采访来的，基本故事是我虚构的，但并不是有了素材和虚构了一个故事就能写出这样一部长篇的，它正好触发了我内在的生命能量，这种触发是外界的，确实有天意的成分。当然生命能量是我自己的。

三、生命与自由:《万物花开》所表达的主题

陈思和：谈一谈创作过程。

林　白：前提是我走了黄河，写了《枕黄记》，在《枕黄记》之前是《玻璃虫》嘛，还是自我的东西。写的是一个人在她的时代里如何梦想。写完《玻璃虫》之后就觉得人很空虚。我每写完一部长篇都空虚！我就愿意在写作过程当中，我觉得踏实，对自我、对世界，能够有一个恰当的位置，待在这个位置的时候会很舒服。一旦长篇写完了，整个人都悬空了，内心真的感到极度的空虚。正好我听李敬泽说，他要去走黄河。我一听，哎哟，走黄河啊，怎么回事？他就告诉我，中国青年出版社要弄一帮人去走黄河，给两万块钱，还要给一个笔记本电脑，就每个人写一本书。我一听，好事啊！而且它能够提供生活资源，就是白走，不给钱，我想去玩玩也挺好的。然后我就决定去走黄河。其实话一说出来，马上就后悔了，因为我一天到晚在家里写东西，你要我去走黄河，应付那么多人，我怕得

要命，我一点都不会跟人家喝酒、讲话，我是高度怕人的。我马上就很紧张，很焦虑，不知道该怎么办好。但我答应下来了，两万块钱给我了，笔记本电脑也给我了，不行了，就逼着你去。幸好有很多朋友，杨志广陪我走了陕西那一段，青海的肖黛陪我走了青海，河南的陈鱼，一个写诗的女孩，就陪我走了那一段。然后所到之地，你必须采访黄河边上的农村和农民，我也想不到什么话题，就问他，家里几口人，有多少亩地，家具是多少钱，生一个孩子要多少钱，坐月子吃什么。然后就记下来。从此就养成一个听人家讲点什么东西，自己记录这么一个习惯。第二年，刚刚写完《枕黄记》，我、李敬泽还有邱华栋几个，到云南香格里拉去，结果只有我和李敬泽，所到之处就拿出本子来记。本来没这个毛病的，李敬泽自己说的，我们走黄河落下的毛病。

我们家来了湖北亲戚，浠水的，闻一多的故乡，是我先生老马的侄女，叫小云，到我们家帮着干家务。她是三十多岁的农村妇女，小学文化。她来了，我就问她，你在家几点钟起床啊。哎呀，她说，我们在家通宵打麻将。她根本不是我想象的勤劳、善良、贤惠的农村妇女。她说，家里也没多少地可种。他们村子很怪，基本上是个“二流子村”，特别喜欢打架，每年过年都要打架，打架像狂欢，一说到打架，全村男的、女的，都拿起扁担，冲出去了，打架了，打架了，大家都很兴奋。她讲得眉飞色舞的。讲他们家里的事情，怎么跟公家人作对，她丈夫是杀猪的，她也没有多少文化，但她的叙述能力很强，讲得非常生动，非常精彩。我说，这个东西我要记下来，像走黄河似的。结果她越讲越多，我就整整记了三个本子。后来我想，这够我写个长篇了。走黄河的时候，如果有人给我讲这个东西，我肯定写在《枕黄记》里头了，我还发什么愁，有什么焦虑呀。当时我也不知道写成一个什么东西，这挺难写的，可能也写不成。我在北京双裕买了一个房子，那地方叫火神营，我就在那里开始试着写。结果，一坐在电脑前面就写出来了。我写东西，很难有一个完整的构思，我从第二部《游荡》开始写的。第一部是后来结构上需要再加的。我觉得行，这个东西能写。然后就这么写下来的。基本的创作是这样的。

陈思和：写有瘤子的大头那部分是后来再加出来的？

林　白：小云讲了一个大头的人，但大头所有的故事都是我加给他的，包括监狱，包括他去跟人家看“跳开放”。“跳开放”不是小云讲的，有一个纪录片导演，叫吴文光，他做了一个杂志叫“现场”，《现场》里面有一个“跳开放”的介绍，我就受到启发。监狱呢，我有一个朋友叫徐晓，她坐过牢，在北京一个刊物《记忆》上，她说过她在监狱里的生活。还有一年跟王朔、阿城、陈村、方方等拍电影，叫“诗意的年代”，王朔也讲了几句监狱里头有同性恋等。这些故事统统是我虚构出来的，材料就是这么来的。大头呢，有一个原型，但所有的故事跟他是无关的。这个小孩现在死了，但他不是在监狱里头，他是病死的。我这里写他在武汉同济医院拍的片，五个肿瘤像花似的，灰色的花朵。其实他长了八个肿瘤，一天要喝一盆水。八个肿瘤我觉得太不像真的了，太像假的了，我就写五个得了。有这么一个小孩的，我就拿他来做叙述人。平淡的叙述没什么劲，我就把他脑子里的瘤拿来叙述。

陈思和：这部小说最好看的是第二部。第一部等于是个框架，把故事撑起来了，最后第三部是把一些细节交代一下。南帆也谈到这个问题。南帆的看法是，它写了两种性的欲望，一种是民间的自然的欲望，这在改革开放以后，跟商品经济结合起来，就变成了另外一种“跳开放”了，就是那个小梅。我记得方方写的那个《奔跑的火光》里也有这类故事，这个问题是现实生活中一个重要现象，是大量存在着的。

林　白：我在别的地方也看到过，就是大量的农民跳脱衣舞。

四、民间文化与知识分子叙述：当代文学的活力及困境

陈思和：我读了《万物花开》以后，一直有点兴奋。我在很长时间一直在探讨一个问题，民间的力量到底在哪里？因为

当代民间的生活状态并不是完全游离于我们的经验的。我记得1996年我们一起去瑞典开会，在飞机上你与我谈起韩少功的《马桥词典》，很激动。我有一个明显感觉，不知对不对，《万物花开》里面很多结构上的、叙事上的特征，就有《马桥词典》的影子。小说里也出现了对一个词、一个概念，也就是对语言的特殊的关注，追求它们背后的意义。我看到里面好几个片段，都有这种感觉。

一个作家对民间的关系，首先就是从语言上来认可的。他首先就是问，老百姓为什么说这个话？它的本原跟他原来的知识背景有什么不一样？然后他就进入到一个民间的世界。民间的世界，说到底是老百姓阐述出来的。如果没有人阐述，作家未必了解。他自己用眼睛看出去，跟老百姓阐述出来，这是两个完全不一样的世界。通常知识分子不愿意听民间，他通过书本，通过学理，通过他的理解，想象出一个民间的姿态。而你是怎样把民间的经验与你的生命沟通起来的？

林　白：现在我想起来，这部小说的主题之一应该是生命与自由，这应该是一部关于生命与自由的小说。就是“万物花开”这四个字所表达的。但在这之前我并没有意识到，我以为它是自己长出来的一个东西。

可能自己对自己还是有一种期待，不愿重复自己，希望有所突破，能够有改变。但是，不是说，我要追求一种突破，从《一个人的战争》到《万物花开》，还是有一种自然生长。我觉得《万物花开》真的是有一种生命能量的爆发，有一种活气在里头。这种状态可能就是你说的，确实是从民间来的，找了一种资源，就接通了。

以前我们家保姆全是小姑娘，十六七岁，干两年，找对象结婚，就回去了。小姑娘没有生活经历，她是一种没完成的女性，中年女性就有大量的东西。小云是一个农村妇女，也去跟着经商，大家一块儿，两千块钱本钱买一些东西回来就卖，卖首饰，玉手镯啊，金耳环啊，她统统都知道该怎么运，住在哪里，然后怎么卖。她经常说，很好玩的！她干活干得很高兴，你看我穿的毛衣，这都是她打的。她本身是生机勃勃的，对生活非常有热情，而且，她对苦难有自己的看法，我们觉得很焦虑的事情，她都不焦虑。很怪的。她儿子从大坝上摔下来了，她就问她女儿，你哥死了没有？没死。哦，没死，行了。知识分子——像老马也不是知识分子，他跟一般的知识分子有很大距离，从根子上来说，他是一个乡村知识分子——但他就有非常强烈的焦虑，而我们家小云，就是书里那个木珍，她一点也不焦虑，所以我要老马，要我女儿统统都向她学习，学习她的生活态度，对生命的态度。她的生活态度对我影响也很大，她的勃勃生机对我有很大的触动。我们家来了这么一个人，家庭气氛很不错……

陈思和： 其实，她的快乐与你的态度有关。你看鲁迅，鲁迅写闰土的写法是，他对闰土是充满了欢乐的回忆，可是，当闰土看到他时，反而无话可说了，倒退一步，就是叫了一声“老爷”，其他一句话都没有了。从知识分子眼睛里看，农民是木讷的，不会说话的。恐怕很多下乡知青都有这个感觉。农民本来是有很多语言的，但在陌生的城里人面前他就变得木讷。为什么？因为语言不一样。就好像我们不懂外语的人到外国去，跟外国人说话，几句话就讲完了。他不是没有话要说，问题是无法充分细腻地表达，他跟你表述的时候，只能这样简单几句来表述。知识分子在这样的立场上看农民，农民肯定是没话说的，农民不会跟他敞开心扉，唠唠叨叨说。比如，你林白愿意听这个农村妇女的话，就有收获，但一般城里人是不喜欢农村保姆多说话的，觉得你多嘴多舌，啰唆什么？

林　白：可能十年前，我也不愿意听她说，家里来个亲戚，我烦得要命。现在我就能听了。她来我们家时，很拘谨，反应很慢，东西放在哪里，生刀不能切熟菜，等等，都不知道。但是，她一跟我讲家乡里的事情，就讲得很好，我很喜欢听，她就越来越有劲，讲得眉飞色舞，越讲越好。

陈思和：一个作家叙述出来的民间，只是知识分子理解的民间。所以，闰土跟鲁迅之间无法说话，是因为两个人之间没有沟通。闰土没有想到，我家那些事情也可以跟大先生讲。他讲来讲去就是孩子多啊，经济困难啊，除了这个，他不知道讲什么。所以知识分子就感觉农民是沉默的，农民是苦难的。

林　白：比如说打架，我说打架特别好，你给我讲打架，所有打架都讲给我听，所以我写打架的部分段落写得很好。

陈思和：鲁迅其实是这方面最下功夫的，他应该是最清醒的作家，他能够写出阿Q，能够注意到农民爱说话的另一面。阿Q是多嘴多舌的，而且阿Q爱打架，爱欺负人家。但问题是，他站在启蒙立场上解释这样的现象，他用国民性，用劣根性来解释：你就是精神胜利法嘛。从知识分子的角度理解，你已经那么苦了，而你不知道苦，那就是说，你是麻木的。

林　白：他不是麻木，这是他的生活态度。小周刚才说得很好，中国的民间，一代代人的生活方式和生活态度的变化都不是很大，那么，在这种情况下，反倒能够保存我们面对灾难、面对苦难、面对自然变化时的一些本能反应。这在民间能够找到。然而，“本能”是人性最裸露的，跟世界的冲突是最直接的。知识分子被文明、被道德教化、被政治力量层层地阉割，而处于农村的，或者城市最底层的，本能是最粗野、不遮盖的，同时也是活力所在。

像小云她家在村里就是一个中心，所有的人都到她家去聊天。所以，她们家里用电用得最多，她很大方，人们都到她们家来吃花生米和蚕豆。这本身是不是也是一个公共空间，一种关于语言的交流？他们绝对是有他们自己的观点，自己的方式的。

陈思和：这些问题我们很多城里人看不到。我们就看到这些人穷啊，苦啊。中国现代化起步比较慢，所以整个民间的文化状态应该说还是保存了，但是它里面有些问题。什么问题呢？原来中国的民间有上层，当然它跟国家意识形态是有差别的，比如宗法社会、家族社会，它是代表了民间意识形态，同时又代表了国家意识形态，压抑着民间的自然状态，一个是没有开化的、野蛮的东西，一个带有文明教化。它跟上面的国家意识形态构成了一个相辅相成、相生相克的复杂关系。民间有的，但这个民间又是被压抑的。被压抑当中，它又构成一种比一般读书人更有生命力的东西。而且古代的时候，官员都是从农村来的，他是乡村的一个学生、一个知识分子，在农村就是种地，跟农民在一起，了解民间的疾苦，然后通过考试，慢慢考上来，最后做官了，管理国家还是在民间。所以，民间不断地提供生力军到庙堂，庙堂经过文明化，经过儒家的教育，再反馈到民间，它是一个自然的循环。而一旦这个机制破坏掉，民间就从另外一个角度泛滥，暴力就出来，然后就出现农民起义啊，造反啊，最后又慢慢恢复到一个新的平衡。二十世纪五十年代以后我们把民间上层的这一中介因素摧毁掉，由国家直接统治民间，当时的乡村基层组织是大队，就建立了党支部，再上去就是人民公社。它的每一级全是代表国家权力机构，不再是一个民间宗法组织。

所以，现在农村搞选举，就有一种试图恢复民间上层权力机构来自治民间的意味，但不知能否有成效。民间缺了这个中介层面是有问题的，民间有一种生命能量积蓄着，得不到发泄，就是说，民间本能因素与国家意识形态的关系，如果一旦没有处理好的话，民间就会以一种更加粗暴的、更加野性的东西爆发出来。这是我们今天研究民间时一个非常特殊的问题。这几年实行了改革开放政策，经济发展了，物质能够刺激中国民间发财的欲望。就是让一部分人先富起来。以前的传统权力意识形态实际上崩溃了，生产队长现在要去发号施令，如果没有钱，这个生产队长也没人尊重。所有的东西都在赚钱为主导的启发、引导下，整个农村传统伦理意识形态也崩溃了。

这两个崩溃，把人性当中最具有野性的但也是最积极的能量统统调动出来。但调动起来以后，它马上就发生问题了，我们中国不可能给那么多农民提供发财机会，而当本来的一套农村秩序在这样的状态下迅速瓦解时，很多问题就出来了。而且，农民本来很自在，可是现在为了赚钱，要进入到一个很不自在的领域，那就是城市，这个地方把他当劳动力，就是所谓的“民工”。而他是带了自身的农民文化进入到民工阶层，在现代化的城市里面，他是底层的一个阶层，那这个阶层如何跟他自己乡下的东西协调，这里面就发生很多问题。

《万物花开》把这两个问题结合到一起。最近民工题材的创作突然多了起来，我发现这样的小说都有一个程式，第一，写民工受苦，受欺负，最后死掉；第二，民工的性欲得不到解决。

这是城市调料，是我们都市人给民工想象的一个生活图景。在这个前提下，现在中央领导比较重视“三农”问题了，似乎就可以更加理直气壮地把农民写成受到伤害的、现代制度下的奴隶。一个富有责任感的作家，他从理念上来把握和描述中国的民间，当然是可以这样理解的，但也导致了大量民工小说的概念化。除了性爱，作家不知道农民还需要有什么东西，农民对生活的看法，他的生活欲望与理想，作家并不理解。

《万物花开》我觉得非常好地描写了当下的民间状况。首先它与当代社会生活的关系是那么紧密和融洽，它不是作家想象中的、是在深山老林里面与世隔绝的民间，它写的是在中原地区，当代中国改革开放过程中的政策产生了重要影响的民间，一个正在发生深刻变化的民间。你看，那个生瘤子的小孩子其实在经济上并不贫穷，在那里农民基本上都有收入，不是西北地区非常穷的农村了，商品经济已经侵入了那个地区。

林　白：去年我还没手机，他们早就有手机了，而且有两个手机，他们都是打工的。一年赚个几千块、万把块钱，他们搞装修，可以给人家刷油漆，不识字也出来，一帮家乡的人互相带，也能赚到些钱。

陈思和：这就是一种生活态度，中国几千年来传统的农民进入到商品社会的一种生活态度。小说里还有一个细节也很有意思，那个大头，他整天要喝“娃哈哈”。“娃哈哈”就是现代社会的一个标志。商品经济给农民带来了富裕，这一细节写得非常好。在这里，你看到生活的烙印深入到农村，这不是我们通常理解的，一讲到两极分化，好像城市里面都是天堂，农村里农民还在饥寒交迫，至少湖北这样一个中原发达地区的农村，商品经济已经渗透到最底层的农民的日常生活。

林　白：但是，这就带来另外一个问题，由于他们处于最底层的出卖劳力的一种生活，而且农村的生活简单，他们的生活方式和生活的主要形态，还是由传统的文化决定的，所以当他收入上去了，他就有了一种富余，这种富余不是金钱上的，而是精力、时间、体力。原来的农民，他终生要在土地上耕种，种出一点点粮食，交公粮都交掉了，家里还吃不饱，最后还要靠救济粮。可是现在的农民，只要一个男人在外面打工，赚几千块钱——当然欠民工工资是另外一回事——就足够养家了，这样，老婆也不种地了，男人也不耕地了，也不养猪了。平时吃菜都是买来的。

陈思和：都商品化了。他有大量的精力、大量的生命能量富余出来了。那么，富余出来以后怎么办？这里就出现一个巨大的文化的空白。这是《万物花开》所要表现的。而且，这个部分正好是被民间的原始状态的文化笼罩。就是说，我们国家没有在为农民提供他们现代化的物质对象的同时，给他们提供现代化的精神层面上的内涵。这个工作过去是有人做的，但是现在是几乎没人关心。你看，小说里为什么大量的农民都打牌啊，打架啊，乱搞啊，说闲话啊。这就是他们的精神生活啊。

林　白：小云说，一年的活，一个月就能干完了。原来他们生产队的集体劳动，大家都磨啊。小云她家四口人，地是一亩三分地，田是两亩多一点，双抢，两个星期就行了，割麦子最多割一个星期，一年的活最多一个月就干完了，而且一百斤稻谷，只卖三十多元钱，农民都不爱种地。不过现在又爱种了，今年，一百斤稻涨到八十多元了，还要涨。小云讲的主要是这两个东西，一是打架，再一个就是谁跟谁相好，我手头弄的一个《妇女闲聊录》，有大量性的内容，我们是想不到的。她告诉我有一个光头，村里唱戏，戏还没开始，他就跳上台说，他想找一个婆婆做伴，让大家介绍，后来找着了，他就死在这个老太太身上了。

陈思和：我过去问过高晓声，改革开放了，农民都不种地了，都进城去做生意的现象到底好不好？高晓声说，农民苦啊，你不知道，农民的这几亩地啊，几天就可以种完，可是现在为了挣这点工分，大家天天都在那儿，精力都被浪费掉了，现在等于把这个时间给富余出来。如果这些农民安心在农村，他们的生活形态不变的话，他就有富余的时间出来，什么“跳开放”啊，打麻将赌博啊，一系列的东西都会泛滥。打架就是暴力，性与暴力永远是生命的两个基本形态。没有物质的东西（就是异化的东西），也没有精神的东西来消耗这些富余的时间和精力，它一定是表现为这两个形态。

在这个意义上，我觉得林白这部小说是很贴近现实的、解释中国农村的一种图景。跟这个图景相对应的是一种文化状态，是民间的生活态度，民间是怎么看待苦难的？就是说，中国的民间历来苦，但实际上是有一种文化在里面。我有次装修房子，他们三个工人跟我说清楚，我们要喝酒，要烧炉子的，我给他们专门租了一间房子烧饭。他们说，我们都是黑户口，到那里万一给警察抓住怎么办？他们有一个人是有证件的，他就负责在那儿烧饭，每天端过来。我有一次过去，他们三个人唱着山歌，一面做，一面唱，收音机开得很响，中午就是吃老酒，吃完睡觉。我们都是想象，民工就是一点欢乐都没有的。可是不是这么一回事情。他在底层，他也有自信啊，你看，我的墙漆得多好！他有职业自尊的。我觉得这就是普通人的一种自尊，一种岗位的尊严。

林　白：太有了，特别是一个手艺人。

陈思和：也许他一方面也受欺负，被拖欠工资，被人剥削得很厉害，但一方面他也有他的尊严。我觉得作家应该写出这样的东西。

林　白：《万物花开》就有人批评，农民怎么那么潇洒！知识分子不了解真正的农民，真正的农村生活应该是怎么样的。

农村生活也是各种各样的，小云那个村子有点特别，她的娘家村就不是这样的，所以连老马都说，小云那个村很荒唐，哪有不种菜买菜吃的。但小云说就是这样的。

陈思和： 民间的欢乐就是过去讲的小青虫。它的生命非常短暂，但短暂的过程当中，它会一瞬间开花，它每一天都在那儿挥霍，生命过去就过去了。所以民间的力量，你不能考虑一个过程，它没有过程的，它就是生存的形态，一个形态就是一个状态。

林　白： 这一定要讲清楚，这是非常重要的，否则人家一看，《万物花开》怎么像歌功颂德似的，说，大头就这么潇洒啊！其实他觉得反正要死的，死了就拉倒，而今天活着就要欢乐。这个村，叫李榨，我给它改了个名字叫王榨，他们真是这样，有钱就花，女的都打扮得很厉害。我问小云，村里女的穿什么鞋，她说都穿高跟鞋，就是现在流行的前面长长尖尖的那种。所以这真的不是城里人想象的那样，包括两性关系，包括那个小云的丈夫，我在小说里写成小王，大家都知道的，小王在家跟另一个女的相好，他还老把钱给那个女人，小云很生气，但也没办法。

陈思和： 风俗是这样。

林　白： 大家都觉得，很正常的，老婆不在家，他就跟另外一个女人。

陈思和：所以，《万物花开》这部小说，首先是表现出当下中国民间的原生态，还有，它肯定了民间有这种抗拒灾难的力量，这个力量恰恰是我们最宝贵的。隐藏在民间的这个最大的肯定性、积极性，我们往往把它忽略，把它抽象成一个麻木的状态。

林　白：觉得知识分子有力量去拯救人家。

陈思和：小说里有一个很好玩的细节，就是杀猪。我们不妨把它跟《红旗谱》里的一个细节相比较，《红旗谱》也有一个杀猪细节，故事内容也有些相像，村公所要垄断杀猪，可是《红旗谱》就利用这个细节把它变成共产党怎么领导农民起来斗争，是一个意识形态的觉悟故事，而《万物花开》写的就是自然的民间生活，农民为了捍卫自己的利益，他自发地也会斗争的。

林　白：这是现代的生活，是逼真的。小说的前面部分是我的叙述。小云提供了素材，但是很多东西得靠我的想象，包括杀猪的时候，猪的感觉，还有，人家要抓二皮叔，我想最好让他长上翅膀，让他去拔鸭子的毛。有创作的个性在里头。我的想象，我的叙述，我的语言，我的能量，跟民间接通了。个性不是我刻意做出来的，个性是我与生俱有的，然后我在写作的时候，自然流露出来。所以前面那部分正文就是我的一个创作。

2004年2月19日于《上海文学》编辑部

在场者还有：周立民、陈婧祾

整理者：陈婧祾

原载于《上海文学》2004年9期

转引自陈思和《海藻集》，有删节